思理集

思·理·集

语吾/著

作家出版社

作者简介

语吾　原名岳学鲲，字修远。1967年生，河南省焦作市武陟县人。江西财经大学经济学学士，北京大学国家行政学院公共管理硕士。中国作家协会会员，中国诗歌学会会员，中华诗词学会会员，中国楹联学会会员，财政文学会副会长。出版有诗歌集《情维斯乡》《情系山河》《情沃心田》。现在中华人民共和国财政部工作。

作者照　　张建设 摄

目 录

格物篇

五言绝句

五言律诗

七言绝句

七言律诗

明心篇

五言绝句

五言律诗

七言绝句

七言律诗

正道篇

爱仁篇

五言绝句

五言律诗

跋

序一 引人奋发向上的光明旋律

王世尧

学鲲是我的朋友，是富于思辨力而又颇具家国情怀的时代诗人。《思理集》之前，我曾读过他《情维斯乡》《情系山河》《情沃心田》三部诗词集。他的古体诗词，显示才华之余，更洋溢着春风的清润温馨，卷舒着阳光的明丽坦荡。

近些年，中国文学艺术呼唤传统文化，古体诗词作为文学的重要文体和载体形式，不可逆地在强力复兴。大江南北，各类诗社、民刊、公众号网媒，勃然而有风起云涌之势。在回归的大潮中，学鲲是理想主义的弄潮儿，他独自执帆，破浪前行。当别人舒散怀抱，放纵自我，杂然无序表达各种感悟时，学鲲把更多的落笔点，抒发在民族与国家日益壮美的光明坦途。他让奔放的诗怀，摈弃儿女情长的婉约，吐吞出兼容并蓄的豪迈，辽阔着真诚宏远的视野。正如他开篇绝句所言：

大爱国魂正，精忠民魄嘉。
兹兹新岳望，念念向无涯。

诗贵言志，学鲲是一个理想主义者。他就职于国家财政部机关，有着繁忙规范化的工作，有着谨严的党性约束，有着为人师表的心灵坚守。照理说，这和浪漫的诗情画意似乎有些隔绝，但他内心那奔放的诗人情怀，像关不住的春光，在沉寂的畅想中，冉冉萌绿，静静开花。他和所有热爱生活的人一样，对春天有着感怀不尽的眷恋。他在《赠仲春》这首诗中这样写道：

千年一净影，万载双姑峰。
时代新基起，畅达亮点生。
先连接带路，后续继征程。
盛夏风清爽，仲春花灿蓬。

读罢这首诗，感觉清爽柔韧的风扑面而来，令人沉醉，又令人意气昂扬。他没有把对春天美好的寄望停止在自我的欣悦中，而是把一种情怀引深到光明的新时代，全景化地表现出一个理想主义者的境界升华。从背景氛围得以对中华民族伟大复兴中国梦的伟大构想，让人充满期待和憧憬。

学鲲对大自然的物华，有着敏感的精神触觉。当不在繁忙、郑重的环境中行色匆匆的时候，他让诗性的潮涌从容回归。无论寻幽乡野，还是梦里与同窗的琴岛相聚，他于盎然的情趣中别开生面，文词隽秀。《初宿静颐堂》这首诗为我们深悟诗人的内心，提供了意趣清芬的佐证：

寻幽格定大皮营，初宿乡村品鸟鸣。
檐下修身翻史册，园中养性弄春耕。
月光似水波明院，琼树如姝影画楹。
梦里同窗琴岛聚，槐香一觉已深更。

热爱诗的人，一定会热爱生活，热爱生命。学鲲虽然是一个出色的政工干部，但他的心性给了他为人为诗的风骨和情怀。工作之余的一切，他心灵那片净土，舒放着激情的风暴，飘逸着圣洁如雪的云朵。从他作品的数量和节奏上，完全可以看出他笔耕的勤奋，更可以看出他扎实的阅读功效。中国文化不仅古老而渊远，更是一个诗的大国。从屈原到李白、杜甫、白居易，更有陆游、苏东坡、李清照、辛弃疾乃至高启、萨都刺、纳兰性德、顾春、秋瑾等不胜枚举的绚丽诗星。学鲲是秉承者，是后来人。

《思理集》是学鲲近年新作精选的合集，近两百余首。也是他钟情一域的心血之作。他的诗真实透明，生动拙朴，遣词造句，精于苦吟。在这些诗作中，读者可以重新分类，由感解读，从不同角度，不同审美价值取向卓然评定。至少我认为，《锦纹》《黄骅冬枣》《新水》《观樱》等诗写得机智随性，可以俊赏他从容的文笔和松弛的语境。而《读邹平女士〈吟啸徐行〉》《学书法》《展望“读书日”》《高铁车厢读〈有机马克思主义〉》《天命之生两首》《次银婚纪念之日心关两会》等诗中，可以于修心镜语中透悟生活哲学的思辨，可以探索人性良知的细微之变，从中解道作者清莲自许的真诚。

我说过，学鲲是一个理想主义者，他在自己的职场生涯中铸就了一个共产党人的价值观。光明、进取、沉着、坚韧。同时又以一个诗人的浪漫情怀，以古典诗词的文体形式抒发充满阳光之遇的人生态度。《顾諟端午》《爱国情怀》《平江座谈定点扶贫》《两会闭幕感咏》《鹿邑拜老子》《河冰花开兼记生日》

《悼念大大崇学》等诗，不仅写出了宽阔宏远的政治视野，也写出了纯粹温润的人文关怀。学鲲的古体诗词，都是有感而发之作。字里行间，饱含着浓郁的时代气息，紧踏着行进中的时代节奏，回荡着引人奋发向上的光明主旋律。我们读他的诗，品味着他丰富多彩的内心世界，和他一同分享生活的乐趣与生命的哲思。

当然，学鲲的诗不可能完美无瑕，还有更大的升华空间，在今后的写作实践中，更需精进迈前。这不仅要持之以恒的勤笃，还要取艺诗性的空灵之美，让诗境与人境的苦行，抵达最理想的心灵归属之彼岸。是为序。

于2018年7月29日

序二　深沧儒雅　斑斓宏达

陈柏清

戊戌初夏，伏暑未临，浅炙微昭，心花暖春。接景辉师邀，品赏岳先生学鲲大兄大雅之作《思理集》。

每于更深夜静，星靡月阑，沐手秉灯，瞻阅滔滔，如空山松子，寒岩听泉，或幽或邃，不禁称绝；又如西窗蕉雨，丹桐坠井，或朴或醇，几忘案牍；更如登采薇蘩之舟，深感奇彩斑斓，儒雅深沧，智德宏达。

严羽《沧浪诗话》有云："夫学诗者，以识为主，入门须正，立志须高。"钟嵘《诗品序》曾道："气之动物，物之感人。故摇荡性情，行诸舞咏。欲以照烛三才，晖丽万有。灵祇待之以致飨，幽微藉之以昭告。动天地，感鬼神，莫近于诗。"《思理集》之识，高古深远，雄浑飘逸。《思理集》之感，睿考哲思，多有妙语。又见忠纯爱民，仁义参度。如《锦纹》："初夏雨晴千叶欣，兰黄柳绿浅匀深。晚风拂水滋秋意，倒映天光碎锦纹。"拈花之秀，晓畅清逸，令人想起陆放翁《龟堂晚兴》："九日春阴一日晴，回塘闲院惬幽情。小鱼出水圆纹见，轻燕穿帘折势成。"《初宿静颐堂》："檐下修身翻史册，园中养性弄春耕。梦里同窗琴岛聚，槐香一觉已深更。"又让人感受到白乐天《龙昌寺荷池》"冷碧新秋水，残红半破莲。从来寥落意，不似此池边”般的清凉胜境，意蕴悠悠。

诗言志，诗铭史。杜子美著名的《茅屋为秋风所破歌》“安得广厦千万间，大庇天下寒士俱欢颜”，千百年来为仁人志士传唱自勉。《思理集》中多有关注民生佳句，震人发聩，情寄以志。如《〈李文清公日记〉拜读后敬记》：“文正上关国运势，情真下切庶民声。”《大雨》：“今夏全国多雨泻，朝夕各地少灾生。”《高铁归途》：“两三云朵挂天闲，四五农人芟草苦。”拳拳爱民、恤民之意，内刻于心，外化于文。如《一树花开》：“小院樱桃花灿鲜，白洁纱幔朵团团。树旁湘子浇园碌，亭下愚公览史闲。”颇能体现诗人南山之味。如《端午假期》：“精读开府赋，细品小修诗。怆恸江关感，性灵山水知。”于豁达之外又有古今圣贤皆寂寞之叹。如《躯微探海》：“烧烤雾烟围，酒酣夜幕垂。流云舒画卷，动树爽风吹。涛浪击节送，月星追跑飞。卧沙幽旷远，鹍化亦躯微。”既有人文抒怀，又迸发出人与自然、动与静、远与旷、近与达的审美意蕴。如《松秋》：“秋黄风起飘千叶，青定新尖不动岿。”“新尖”二字双关“心坚”，笔兴中多文奇之趣。

宗白华《美学散步》中说“每一个造出新节奏来的人，都是拓展了我们的感情并使它更为高明的人”。《思理集》遵从我国古体诗传统，却不拘泥于古。能有古之形味，又有今之思想。长于浅显之言发大事、记现实，识大理、述当下，实乃体古意新，当为中华诗坛留下新时代、新诗韵、新理念之印记。如《平江座谈定点扶贫》：“浅聊晨步三街半，深入座谈四点钟。机制联结精准策，措施细化务实功。”《陪同胡静林副部长赴云南调研飞行途中两首》：“途中酿议扶贫策，后晌踏泥细访乡。”

《难寐》："组织结对开基点，勠力同德带面新。国策知行合一务，康成践诺种千金。"都给当今古体诗坛注入了新鲜血液，蓬勃生机，朝气欣然。

值得称道的是，《思理集》不只在体古意新上有传承、有突破，文中的《题解》《注释》也值得关注，大量典籍之拓展，堪称古典文学小百科之全书，令读者在欣赏诗作之余还可增知长识，畅游历史长廊，这也当是《思理集》之特色。瑕不掩瑜，如果说雅作之幽微，勉而言之乃用典过隐，未免有和寡之嫌，此只管窥之见也。

抚卷默沉，突觉灯烛如昼。青梅煮酒，快意人生，晓月清书，顷刻释然。此乃以微心对鸿鹄、以陋白对大儒之旅，亦是解惑疑脉、朝闻夕足之途。谢景辉老师之邀，谢鸿儒梅鹤之雅，并致同怡夏安。

于戊戌初暑

诗意源于生活（自序）

生活即诗。诗意源于生活。如将生活中的诗意融入个人思想情感，用凝练的文字表达出来，就是好的诗句。诗句含情蕴思，可以净化人、吸引人、感染人、启发人和教化人。写给自己的诗，最为真实，能够净化自我，充实生活，抚慰心灵，激励奋发。

我的诗多是写给自己的，记录下自己的一事经历或此一时彼一时的心灵感受，算是说说自己、写写自己罢。每一小句，虽无贾岛“两句三年得，一吟双泪流”的推敲苦吟，亦无杜甫“为人性僻耽佳句，语不惊人死不休”的谨严高致，但多能够情溢于心，真实感受；思出于脑，源自生活。故在《情维斯乡》《情系山河》《情沃心田》出版后，拟再编辑推出《思理集》《思怀集》《思行集》，以梳理情思，鞭策自己，亦期与志同道合者交流。

小句虽为抽屉文学、言己之作，但敝帚自珍、毛羽吝惜。今编辑成册，以写作过程的思考为主线，分为理、怀、行三集，其中《思理集》重识、《思怀集》重情、《思行集》重见，在此略述梗概，就教于方家智者。

《思理集》强调思考成诗中迸发出的哲理火花。其中的理，即哲思、道理，是五千年中国传统优秀文化、思想价值体系中的精髓，是近百年中国共产党创造的革命文化、社会主义先进文化中所蕴含的价值观与奋斗精神。该集分为四篇，即格物篇、明心篇、正道篇、爱仁篇。格物篇中小句多为由物起兴，经思考推究，省理悟道，有契合“道理”之浅见。明心篇中小句多由理入心，以静心、养心提高涵养，以淬心、励心昂扬斗志。正道篇中小句多为敬业施策、学习调研、求真创新之工作实践，偏于记事，重在纪实。爱仁篇中小句多为友情挚谊、孝亲敬贤、仰慕缅怀之作，凸显情爱盈心、仁义致行。

《思怀集》反映作为人生起点的家庭、故乡和本源，从亲情、乡情延伸至家国情、天下情。该集分为四篇，即覃怀篇、恩亲篇、中原篇、九州篇。覃怀篇中小句，是对出生地，人生本源的记忆与思念。穿越时空，膜拜于夏商时期称为“覃怀地”的现在焦作市区域，纪念讴歌“怀川文化”的昨天今天，展望山阳家园的光辉明天。恩亲篇中小句，情思绵延，真爱无边。可谓：钟爱亲人血脉情，孝心浓郁；感恩师友校园谊，慈怀缘深。中原篇多为与豫州大地即河南省相关的小句。中原是华夏文明发祥地，我常引以为荣，曾在大学毕业纪念册上狂妄而志“中原魂”。华夏民族的大融合、中原文明的扩展与蔓延，扩大了以中原文化为核心的汉族和各民族之间的交流。编选小句遂延伸到在江南读书、北京工作、东北挂职的生活片段和夫人的故乡芙蓉国等地，记录思乡文化的流源与多元。九州篇中小句表达的是天下观、天下情，亦即“九州处处是家乡”的旷达胸怀。古人云“得中原者得天下”，认为逐鹿中原，方可鼎立天下。天下者，中国也，中华也。当今新时代，岂可只逐鹿中原？而应立足吾国吾土，放眼世界寰宇。

《思行集》突出了“行”，是躬行，是实践，亦是走过山水城乡留下的足印，贯穿其中的则是知行合一、行胜于言的思考。我赞赏明代王阳明“圣学只一个功夫，知行不可分作两事”“知是行的主意，行是知的工夫；知是行之始，行是知之成”等思想观点，这与马克思主义的科学实践理论是相通的。该集分为四篇，即陟山篇、临川篇、访贤篇、浥尘篇。“陟山篇”中小句，均为登高望远时的感悟。现就“陟”字，略作解释。北京有个陟山门，即北海公园东门，门后为白塔山，入门即可拾级登山，故得此名。门前有个曲折小街，约二三百米长，称为陟山门街，与景山公园西门相接。我的家乡武陟县设置于隋开皇十六年（公元596年），亦含“陟”字，明万历《武陟志》载：“武陟县，周武王牧野之师崛兴兹土，故名。”上面所说“陟”字，就是登高、上升之意。陟山而行，亦即行中登高。恰如人生之路，多高低不平，唯勇于陟攀，方能有“三千万里峻峰游”的壮怀和“大吼一声好巍峨”的豪迈。“临川篇”中小句，一般为临江蹚河涉水迎雨时的雪泥鸿爪。有《大浪淘沙》“今朝有幸观沧海，试问曹公在哪边”的流光喟叹，有《吉林松花湖培训基地客房窗外》“风去群山静，船来燕尾开”的动静开合，有《雨游井冈山五龙潭》“喷雪珠帘藏碧玉，声声响震九重天”的清新悠远。“访贤篇”中小句，多为拜谒古今贤人志士故居旧地、庙堂祠陵，学习他们精神风骨、志节德操之作。孔子《论语·里仁》倡导“见贤思齐焉，见不贤而内自省也”与我们常说“榜样的力量是无穷的”这句话是一个道理。今人不仅要学习古今圣贤，向榜样看齐，也要力争为身边人及后人再树榜样。“浥尘篇”中小句，取王维《送元二使安西》“渭城朝雨浥轻尘”境界，或清雅闲适之慎独、或淡水相交之厚谊、或旷朗无尘之静美、或穿越时空之感通，淋漓心情，畅快胸意。

值此，且对我的笔名“语吾”，简略介绍。语者，说也；吾者，己也；语吾者，说说自己也。“语者言亲，吾尤爱仁”是我微信的个性签名，亦是自己的内心追求。语者，豫也，河南省也；吾者，武也，武陟县也；语吾者，豫武也，河南省武陟县也。故土是情感根基，家乡是力量源泉。说说自己为私，感恩家国即公。立定己心，方能克己奉公；记录个事，当可窥斑史实。

诗意生活，美好本真。凝练生活中的诗意美好，是为诗者肩上责任，也是为诗者心灵远方。语吾愚钝，不敢踯躅，唯当继续坚持不懈地识理，坚信达观地澄怀，坚定不移地践行。谨序。

岳学鲲于2018年8月

格物篇

五言绝句

新　岳

大爱国魂正，
精忠民魄嘉。[①]
兹兹新岳望，[②]
念念向无涯。

【题解】该绝句作于2015年11月17日，是作者赋体作品《岳姓赋》文辞。既对国魂民魄中饱含的忠孝爱国精神予以讴歌，又对“新岳”，即新生的岳姓后昆寄予厚望。其中“兹兹”“念念”，词意里均蕴含着量的积累，延续着时的绵长，意味着人才辈出。

① 精忠：是指对国家、民族无比忠诚。晋·葛洪《抱朴子·博喻》：“是以比干匪躬，而剖心于精忠；田丰见微，而夷戮于言直。”清·郑燮《范县署中寄舍弟墨第五书》：“盖安史之变，天下土崩，郭子仪、李光弼、陈元礼、王思礼之流，精忠勇略，冠绝一时，卒复唐之社稷。”

② 兹兹：滋生繁殖之意。《史记·陈杞世家赞》：“田常得政于齐，卒为建国，百世不绝，苗裔兹兹，有士者不乏焉。”

翚　思[1]

红黄轻叶落，
墨粉淡云流。
秋水翚思意，
陶然焉动愁？[2]

【题解】该绝句作于2016年11月13日。作者秋游北京陶然亭公园，陶醉于五彩斑斓的秋景秋韵，湛明秋水，挥虑去思，陶然一乐，忘烦却忧。

① 翚：音huī，通“挥”，挥动。《后汉书·马融传》：“翚终葵，扬关斧，刊重冰，拨蛰户。”李贤注：“翚亦挥也。”原意是指五彩山雉，亦泛指羽毛。出自《诗·小雅·斯干》：“如鸟斯革，如翚斯飞。”郑玄笺：“伊洛而南，素质，五色皆备成章，曰翚。翚者，鸟之奇异者也。”

② 陶然：指喜悦、快乐貌，亦即闲适欢乐的样子。唐·白居易《与梦得沽酒闲饮且约后期》诗：“更待菊黄家酝熟，共君一醉一陶然。”

柳　烟

鹅黄绦养眼，①
青绿柳飞烟。
水暖鸭知度，②
心明人向前。

【题解】 该绝句作于2017年3月12日。通过对初春物候的描述，由“水暖鸭知度”到“心明人向前”的类比，引人思考。

① 鹅黄：本意为酒。宋·张元干《临江仙·赵端礼重阳后一日置酒坐上赋》词：“判却为花今夜醉，大家且泛鹅黄。”此处指淡黄色，像小鹅绒毛的颜色。唐·李涉《黄葵花》诗：“此花莫遣俗人看，新染鹅黄色未干。”陈毅《春兴》诗：“沿河柳鹅黄，大地春已归。”

② 水暖鸭知度：春天河水解冻，气温回暖上升，水中鸭子能够最先敏锐地感觉到温度的变化。此句与宋·苏轼《惠崇春江晚景》中的“春江水暖鸭先知”意同。

和归

千花鲜竞艳，
万树绿争欣。
春闹童心唤，[①]
和归大度人。[②]

【题解】该绝句作于2017年4月16日。小句引出“和”，这个中国哲学范畴的重要思想。“和”是指人与自然、人与社会、人与人之间以及人体心身的一种和谐默契、中正相容、相辅相成关系。《礼记·中庸》认为：“发而皆中节，谓之和。中也者，天下之大本也；和也者，天下之达道也。致中和，天地位焉，万物育焉。”虽春天喧闹，却与童心相和；因和归中节，自然风度超迈。

① 童心：孩童般纯真之心。《左传·襄公三十一年》：“于是昭公十九年矣，犹有童心。”宋·陆游《园中作》诗：“花前自笑童心在，更伴群儿竹马嬉。”明·李贽《童心说》：“夫童心者，绝假纯真，最初一念之本心也。”

② 大度人：文雅大方、有风度、有气量的人。《史记·高祖本纪》：“常有大度，不事家人生产作业。”

五言律诗

访浯溪

浯溪传颂久，①
湘水曲流长。
颜体溶元髓，②
崖碑赞大唐。③
拜贤江景阔，
学史镜昭光。
物我公私换，
神交大老乡。

【题解】 该律句作于2004年11月13日。作者到衡阳市祁东县看望姑父母，遂赴永州，过祁阳拜访浯溪后作。溪、台、亭当为公物，而元结刺史将它们命名为“浯溪”“峿台”“㾌亭”，据为“私”有，而其实意为“我大唐所公有”，故云“物我公私换”。因作者家乡焦作（唐时称怀州），与元结家乡洛阳隔黄河南北相望，知此浯溪故事，仰慕之情顿生，乃以跨越千年之久，称“大老乡”而神交也。

① 浯溪：发源于湖南省永州市双牌县阳明山的一条小溪，流经祁阳盆地，在祁阳县城南2公里处古渡口入湘江，这里古树茂盛，郁郁葱葱。唐代元结出任道州刺史时，乘舟逆湘江而上，路过此地，爱其胜异，将溪叫作“吾溪”（意为：唯吾独有），自造“浯”字，命名为“浯溪”，撰《浯溪铭》，浯溪从此得名。

② 颜体：颜真卿的书体被称为“颜体”，与柳公权并称“颜柳”，有“颜筋柳骨”之誉。颜真卿（709—784年），字清臣，今陕西西安人，唐代著名忠臣、书法家。他秉性正直，笃实纯厚，刚正有气节，以义烈闻名于我国书法史。其书法遒劲郁勃，体现大唐盛世风度，并与他高尚的人格相契合，是书法美与人格美完美结合的典范。

元髓：是指元结撰文《大唐中兴颂》中所展现出抗击安史叛乱的忠肝义胆和浩然正气之思想精髓。元结（719—772年），字次山，唐代道州刺史、散文家、诗人，政绩颇丰，今河南洛阳人。曾参与招募义兵，抗击安史叛军，保全十五城。有刻本《唐元次山文集》传世。

③ 崖碑：即浯溪碑林，为全国重点文物保护单位，是研究碑石文化的宝库。元结在761年撰文《大唐中兴颂》，约10年后颜真卿大笔书写，镌刻于江边崖石，因其文奇、字奇、石奇，被后人誉为浯溪“三绝”。

端午假期

寂简端阳日，①
云天暴灿时。
精读开府赋，②
细品小修诗。③
怆恸江关感，
性灵山水知。
欧杯烽火起，④
夜半且观之。

【题解】 该律句作于2016年6月11日。记述了作者端午假期期间的读书活动和寂静简约心情。静中有律动，约里存万象。虽曰且观之，实乃细思之，更至审美之。

① 寂简：寂静简约，同简静。明·方孝孺《赠王时中序》："其容貌简寂如儒者，其神气闲定如列仙之流，莫能名其术也。"

② 开府赋：指南北朝庾信的诗赋。开府是指古代高级官员（如三公、大将军等）成立府署，选置僚属。庾信（513—581年），字子山，小字兰成，南阳新野（今属河南）人，南北朝时期诗人、文学家。庾信"幼而俊迈，聪敏绝伦"，是宫体文学的代表作家。侯景叛乱时，庾信往江陵，辅佐梁元帝。后奉命出使西魏期间，梁为西魏所灭。北朝君臣一向倾慕庾信，因而他既是被强迫，又

是很受器重地滞留于北，官至车骑大将军、开府仪同三司，北周代魏后更迁为骠骑大将军、开府仪同三司，故被称为庾开府。时陈朝与北周通好，流寓人士，并许归国，唯庾信与王褒不得回。所以，庾信一方面身居显贵，被尊为文坛宗师，另一方面又深切思念故国乡关，为身仕敌国而羞愧，不得自由而怨愤，如此至老。有《庾子山集》传世。

③　小修诗：指袁中道的诗。袁中道（1570—1626年），字小修，明代文学家。湖北公安（今属湖北省）人。"公安派"领袖之一，与其兄宗道、宏道并有文名，时称"三袁"。少即能文，长愈豪迈。总结提出"世道既变，文亦因之"的文学发展观，又提出"性灵说"，要求作品"独抒性灵，不拘格套"。其兄袁宏道在《小修诗集》的序言中曾写道："大都独抒性灵，不拘格套，非从自己胸臆流出，不肯下笔。有时情与境会，顷刻千言，如水东注，令人夺魄。"有《珂雪斋集》《游居柿录》各20卷。

④　欧杯：指2016年法国欧洲杯，即第十五届欧洲足球锦标赛。揭幕战于北京时间6月11日3时开赛，由东道主法国队对阵罗马尼亚队。

赠仲春

千年一净影，[①]
万载双姑峰。[②]
时代新基起，
畅达亮点生。
先连接带路，[③]
后续继征程。
盛夏风清爽，
仲春花灿蓬。

【题解】该律句作于2016年10月3日。作者国庆假期回家乡探亲，在郭雪生贤弟陪同下参观净影寺，巧遇时任河南新时代高速公路有限公司董事长的好友邹仲春，受高速公路建设启示，赞我国提出“一带一路”建设合作倡议的国际影响和重大作用，遂有此赠。

① 净影：指净影寺，古称贤谷寺、景净寺，位于河南焦作市与山西晋城市交界处。宋以后始名净影寺。五代时著名画家荆浩、金代时著名诗人元好问和文学家赵秉文都曾在此隐居。2002年始，净影风景区由河南新时代交通发展集团有限公司保护开发，地处云台山世界地质公园核心位置。

② 双姑峰：净影风景区内的两座天然盆景，大的称皇姑峰，小的称宫女峰。据考证是在中奥陶纪时期，地壳变动，山体脱落过

程中植物生成的腐酸质加上长期的风化和剥蚀作用，形成的独特地貌景观。

③ 带路：指“一带一路”（The Belt and Road，缩写B&R），是“丝绸之路经济带”和“21世纪海上丝绸之路”的简称，2013年9月和10月由中国国家主席习近平分别提出建设的合作倡议。

躯微探海[①]

烧烤雾烟围，
酒酣夜幕垂。
流云舒画卷，
动树爽风吹。
涛浪击节送，
月星追跑飞。
卧沙幽旷远，
鹍化亦躯微。[②]

【题解】该律句作于2017年8月2日。作者赴大连广鹿岛休假，傍晚在彩虹滩卧沙探海，望月听涛，顿感宇宙浩大，千里鲲鹏为小，相对于鲲鹏，人之身躯更为微小而不足道也，乃作。

① 躯微：是"微躯"的倒写，即微贱的身躯，常用作谦辞。如三国魏曹植《叙愁赋》："委微躯于帝室，充末列于椒房。"

② 鹍化："鹍"读音：kūn，为"鲲"之异体。《庄子·逍遥游》："北冥有鱼，其名为鲲。鲲之大，不知其几千里也。化而为鸟，其名为鹏。鹏之背，不知其几千里也。"后称人升擢高第为鲲化。唐·李商隐《为荥阳公桂州署防御等官牒·卢韬》："右件官，族茂燕台，誉高藩阃，未从鹍化，聊屈鸾栖。"唐·钱起《巨鱼纵大壑》诗："龙摅回地轴，鲲化想天池。"

冬寒杨蓓[①]

物理孕枝头，
杨花蓓蕾羞。
风吹经雪冻，
寒越向春秋。
默默藏丝蕊，
谦谦散布流。[②]
心明当仔细，
大事赖先筹。

【题解】该律句作于2018年1月14日。阳历1月，是中国传统历法的腊月，天气仍十分寒冷。作者步行穿越北京南二环菜户营桥与南三环玉泉营桥之间的行人天桥，发现高大白杨树枝头蓓蕾点点，墨郁成层。驻足细观，乃知春来杨溜先落地，因其冬天蓓蕾即已孕育成形之故也。杨溜不美，默默蕴蕊，先绿杨叶，早领春归。人生要成大事，恐怕绕不过早立志、先筹谋之路径。

① 杨蓓：指毛白杨树雄花序的蓓蕾。
② 布流：即杨布溜，是作者家乡豫北地区对杨树雄花序的俗称。

七言绝句

闻布谷

布谷声似“割麦种谷”，儿时爷爷告诉我，这是上天让鸟儿催促人们“赶快收割，及时播种”。每闻此声，都觉得是催人勤快，不能懒惰。故有如下句：

清脆悠圆声婉转，
穿天贯耳绕窗楹。
城中无麦无禾种，
也唤庸人再整兵。[1]

【题解】该绝句作于2004年6月5日。作者当时住在北京西城区王府仓胡同10号院，即今金融街北段区域。

① 庸人：汉语词汇，指平常的人；见识浅陋、没有作为的人。这里是作者自喻，指懒人。语出《韩非子·内储说上》：“故今有于此，曰：‘予汝天下而杀汝身。’庸人不为也。”

移竹

朝阳苗圃求新友，①
节日移家种静堂。②
堂主无忧君子伴，③
胸中常念是修篁。④

【题解】该绝句作于2006年5月1日。该小句中将竹视作君子、好友，表达了作者的一种气节向往与精神追求。陪伴无忧，却又胸中常念；一唱三叹，尽显痴竹志坚。

① 朝阳：指北京市朝阳区。

新友：此处指竹。中国传统文化寓意指松、竹、梅经冬不衰，称“岁寒三友”。

② 静堂：即静颐堂，作者2003年底在北京大兴区租用一农家院，第二年春季进行了适当整缮，五一长假全家即住宿小院，并取名为“静颐堂”。

③ 君子：此处指竹，耐寒挺立，心虚节贞，德比君子。中国传统文化中梅兰竹菊共称四君子，分别代表着高洁、清逸、气节和淡泊四种品格。

④ 修篁：修竹，长竹。明·吴承恩《西游记》第一回：“千株老柏，带雨半空青冉冉；万节修篁，含烟一壑色苍苍。”

春　耕

三山五岳对龙池，[①]
亭耸台高护静堂。
耕理春园习小鲜，[②]
一播一种怎称忙？

【题解】 该绝句作于2006年5月4日。作者返璞归真，在农家小院耕种劳作，能够上升到“治大国者不可烦，烦则伤人，挠则鱼烂矣”去思考，亦是情怀博大、学习圣人、追求正道的一种进取思想的体现。

① 三山五岳：此处指作者在院中垒砌的假山。“三山五岳”成语，泛指名山或各地。三山一般是传说中的蓬莱（蓬壶）、方丈（方壶）、瀛洲（瀛壶）三座仙山；五岳指泰山、华山、嵩山、衡山、恒山。

② 小鲜：即小鱼，泛指鲜美的食物。出自《老子·德经·六十章》：“治大国，若烹小鲜。以道莅天下，其鬼不神。非其鬼不神，其神不伤人。非其神不伤人，圣人亦不伤人。夫两不相伤，故德交归焉。”

秋 思

今夜秋思落我家，
津南豫北雁城仨。[①]
家和国盛情怀重，
团饼圆圆盈月华。[②]

【题解】 该绝句作于2015年9月27日。该小句是借对唐代王建的《十五夜望月寄杜郎中》诗“中庭地白树栖鸦，冷露无声湿桂花。今夜月明人尽望，不知秋思落谁家?”的答复，表达了作者中秋之夜对家人的真情思念和对国家强盛的满怀祝福。

① 津南豫北雁城仨：津南，指天津市津南区，南开大学新校区坐落之地，是作者女儿读书处；豫北，指河南省黄河以北的地区，包括焦作、新乡、济源等六市，是作者的家乡；雁城，指湖南省衡阳市，地处湘江中游、衡山之南，相传“北雁南飞，至此歇翅停回”。故又雅称“雁城”，为作者妻子的家乡。仨，是指津南区、焦作市、衡阳市三个地方。

② 月华：有两重含义，一指中秋圆月之光华，二指月饼之边花。盈月代表于国之念，团饼代表对家之思。

晨 行

晨出夜重小寒生，[①]
快步清凉河畔行。[②]
弦月天边寻北斗，[③]
讶惊额顶喜勺明。

【题解】该绝句作于2016年1月6日。是《晨醒》的姊妹篇，可以说是作者晨醒思考的延续，是心明前行、愉快心情的写照。正可谓：醒时知、行时明，知中有行、行中有知。

① 小寒：为农历二十四节气中的第二十三个节气，标志着一年中最寒冷的日子的到来。
② 清凉河：指北京右安门外凉水河。该河发源于宛平县水头庄凤泉（今丰台区东管头附近），是古代北京城南清泉河、清凉河演变而成的名称，终流入潞河（今北运河）。
③ 弦月：分为上弦月、下弦月，这是由于日、地、月三者位置不断发生变化，月相便有盈亏的变化。下弦月一般出现在下半月的下半夜的东面天空，月面朝东，日出黎明前才出现。此处即下弦月。

北斗：指北斗七星。北斗七星是由天枢、天璇、天玑、天权、玉衡、开阳、瑶光七星组成的。古代中国人把这七星联系起来，以肉眼所见定为舀酒的斗形柄勺。

游谐趣园[①]

晴空万里净无尘，
三趣园中鱼问人。[②]
玉振金声钟吕远，
中和辩证寸田深。[③]

【题解】该绝句作于2016年4月17日。作者与夫人周末到颐和园踏春，无意中走进谐趣园，既为典雅精巧园林设计而悦目，亦为对联、景致所蕴含的哲韵理趣所赏心，甚为惊喜。启发人们不自禁地对“中和”这一传统哲学思想进行思考，并结合唯物辩证法予以研究。

① 谐趣园：位于颐和园东北角，小巧玲珑，拥有桥趣、声趣和楼趣，在颐和园中自成一局，故有“园中之园”之称。

② 鱼问人：指园内知鱼桥故事。桥名取自战国时期《庄子·秋水》中《庄子与惠子游于濠梁》，两人有一场关于知鱼不知乐的富有哲理的辩论。

③ 中和辩证寸田深：化用嘉庆帝《谐趣园记》“以物外之静趣，谐寸田之中和”之理意，融当代唯物辩证法，发挥意识能动性，研究践行“中和”之思想与方法。寸田：指心，即心田。宋·苏轼《和饮酒》诗：“寸田无荆棘，佳处正在兹。”

运通驻望[1]

难得京城暮春落雨，沥沥即近整天。16时左右自运乔嘉园踏雨至运通桥，驻足北望，运河湾等住宅小区如山而立，两行绿带围出宽阔河面，燕子凌飞在雨点砸开的万朵水花之上，乃咏：

桐花着雨纷纷落，
燕子迎风款款飞。
翠带开纹呈画卷，[2]
品烟驻履望崔嵬。[3]

【题解】该绝句作于2016年5月2日。如序所云，作者到通州看望亲戚，步行到运通桥上的所见所闻，描写了暮春的雨中即景，反映出了一种闲适的心情。

① 运通：指运通桥。在北京通州区，是运河东、西大街横跨于北运河上的新式公路桥。

② 翠带开纹：指站在桥上，沿运河向北远望，两岸绿色树带成为倒V形区域，万千雨点砸在水面形成圈圈圆纹，如巨幅画卷，煞是美丽。

③ 品烟：即抽香烟。

朝　乾[1]

蒙蒙晨步冷侵肩，
滚滚雷鸣远震天。
风雨途中别样景，
问题堆里愈朝乾。

【题解】该绝句作于2016年5月12日，是作者的励志之作。作者将成语“朝乾夕惕”的前两个字“朝乾”作为标题并写入作品，是激励自己面对复杂问题要迎难而上，更要正大光明勤奋做事，决不疏忽懈怠。

① 乾：出自《周易·乾》：“君子终日乾乾，夕惕若厉，无咎。”乾乾，即自强不息；惕：小心谨慎。朝乾夕惕，形容一天到晚勤奋谨慎，没有一点疏忽懈怠。清朝雍正皇帝即位后，日夜勤慎，即以“朝乾夕惕”自励自诩。大将军年羹尧在贺表中将语序颠倒，将“朝乾夕惕”写作“夕惕朝乾”，颂扬雍正励精图治。但雍正却以此为借口，说年羹尧本来不是一个办事粗心的人，这次是故意不把“朝乾夕惕”四个字“归之于朕耳”。遂大兴文字之狱，一月之内即解除年羹尧川陕总督职位，后开列92款大罪，赐其狱中自裁。

锦 纹[①]

初夏雨晴千叶欣，
兰黄柳绿浅匀深。
晚风拂水滋秋意，[②]
倒映天光碎锦纹。

【题解】该绝句作于2016年5月12日。是作者对北京南护城河沿线初夏景色的描写，表现出了轻松闲适的心情。夏景蕴秋意，水光碎锦纹，全在“一心”之念也。

① 锦纹：是汉族传统纹饰图案之一，为瓷器装饰典型纹样，系采用织锦和建筑彩绘作为装饰图案。因其常被用作辅助纹饰，起地纹作用，故又称“锦地纹”。于其上再绘花卉纹者，称“锦地花”，又称“锦上添花”，蕴含吉祥寓意。这里指树叶倒映在水中呈现给人的五彩视觉感。

② 滋秋意：初夏的傍晚，适逢雨停天晴，微风携着阴凉的水气拂过水面，打在脸上、身上，滋生一丝寒意。这丝丝寒意，伴着欣欣树色、五彩灯光，让作者产生错觉：仿佛身处凉爽的五彩秋季，所以有了“滋秋意”的季节错象。

夏初虹霓

绚丽虹霓雨后呈，
浓云蔽日晦先生。①
若无冷暗迎风进，
怎可金光享彩明？

【题解】 该绝句作于2016年5月23日。该小句以作者风雨行进见彩虹的真实体会，向人们揭示了“不经历风雨，怎能见彩虹”“没有付出就没有收获”的基本道理。与“宝剑锋从磨砺出，梅花香自苦寒来”有异曲同工之处。

① 晦：音huì，这里是昏暗不明之意。

丙申高考①

夏雨又临高考日，
龙门鱼跃验方知。②
世和道顺经规测，
气爽风清鸣鹊驰。③

【题解】该绝句作于2016年6月7日。作者和女儿分别于1985年和2015年参加高考。2016年高考仍然牵动着作者的心，这是关心与女儿一样参加高考学子的父母爱心延续，也是支持赞赏高考制度的体现，更是激励鼓励青年学子经过高考历练，以坚强意志和高强本领为实现人生目标而拼搏。

① 高考：是我国高等学校选拔新生的制度，一般指普通高等学校招生全国统一考试。2003年始，考试日期定为每年6月7日、8日，部分省市区考试时间为3天（即6月7—9日）。中国有1300多年科举考试的历史，这一制度曾显示出选拔人才的优越性，深深地影响了东亚及世界各国。1905年，清廷出于发展新教育、培养实用人才的需要，废除了科举制度，转而引进西方的学校考试制度。1936年，全国已经有100多所大学，当时的高考制度是各所学校自主组织命题。1952年，我国建立起来全国统一高等学校招生制度。1977年，高考恢复至今。

② 龙门鱼跃：比喻学业成功或地位高升。语出《辛氏三秦记》："河津一名龙门，禹凿山开门，阔一里余，黄河自中流下，而岸不

思
理
集

通车马。每逢春之际，有黄鲤鱼逆流而上，得过者便化为龙。”

③ 鸣鹊驰：指喜鹊带着欢快的鸣叫，从身边飞驰而过。即鹊鸣报喜，祝愿学子高考顺利，取得佳绩赢得喜讯。

甘雨桥望[①]

霞光万道北京城，
一扫霾尘露笑声。
回首才观皇冠顶，[②]
前行七步已清屏。

【题解】该绝句作于2017年1月9日。作者晨行，忽见万道霞光，将雾霾笼罩的抑郁心情驱散，不禁发出呵呵而开心的笑声，但是美丽总在一瞬间，前行数步，霞光即逝，如手机、电视机清屏，复归平淡。启示人们：美好易逝，但那刹那间的动人，值得珍惜。

① 甘雨桥：位于北京市西城区广安门北滨河路与白云观街北里交叉口北50米，南北横跨通惠河之上，紧邻二热闸东侧。京密引水渠穿玉渊潭过木樨地桥流向东南到甘雨桥与西便门外的护城河交汇。此段应为三里河古河道，三里河上游原为昆明湖以西的旱河，待玉渊潭水位上升到一定程度后便溢入三里河，向东南方向流入护城河。三里河的古河道，20世纪50年代已改成暗沟，上为今三里河路，北起西直门外大街、南至复兴门外大街，全长约3公里，南北横跨展览路街道办事处、阜外街道办事处、月坛街道办事处等三个办事处管界，内有10多条街巷是以三里河命名的，还有不少老地名也是同古三里河有关，如钓鱼台、南沙滩、二里沟、马尾沟、车道沟、郝家湾等。

② 皇冠顶：北京西城西便门附近国资委办公大楼之顶也。

红云老师[1]

五彩斑斓红翡翠，
三鲜浓重美香腮。
福钱插曲云无翼，[2]
巧手仁心源本来。

【题解】该绝句作于2017年1月21日。作者全家到老同学家做客，红云嫂子头天晚上已准备好了包五彩饺子的所有食材，边包饺子边聊天，亲情融融。待饺子出锅，光怪陆离，五彩缤纷，味道鲜美，能让人感受到什么叫“秀色可餐”！其间拟包入福钱，但直至最后一盘饺子吃完，也未露出，作者分析可能是红云嫂子吃出未讲，以把好运留给大家去猜想、去留恋。此乃教师仁爱本性的一种美好体现，故云“巧手仁心源本来”赞美红云老师。

① 红云：指初红云，是作者高中同学宋石杰的夫人，1988年毕业于河南师范大学，现任北京陈经纶中学高中班主任，全国优秀化学教师。

② 福钱：我国北方民间占卜运气的一个小游戏，包饺子时在一个饺子馅里放枚硬币，进餐时先吃出硬币者为幸运或有福之人。

云无翼：说不翼而飞的意思。

鸡年送吉

雄鸡报晓新春始，
鞭炮齐鸣天地亲。
国梦激发千倍力，[①]
东风唤热万民心。

【题解】该绝句作于2017年1月28日。春节短信微信拜年，作者写此小句问候亲朋好友，送去鸡年吉祥。诗为事作，人为世骄。实现中华民族伟大复兴的中国梦，像春风般唤起海内外亿万华人的进取雄心和奋斗精神，激发出了全国人民众志成城的拼搏干劲和旺盛斗志。

① 国梦：指中国梦，即实现中华民族伟大复兴的最伟大梦想。中国梦既饱含着对近代以来中国历史的深刻洞悉，又彰显了全国各族人民的共同愿望和宏伟愿景，就是要实现国家富强、民族振兴、人民幸福、世界和平。

二月二吟[1]

腊梅略早迎春绽，
映雪红黄共缀天。
昨日江南芳色漫，
今朝蓟北物华先。[2]

【题解】该绝句作于2017年2月27日。该小句是作者每日晨行上班途中，观察早春梅花、迎春花等花木领先开放的情状，反映出了江南、华北物华次第演变的自然规律。不畏严寒，雪映梅尖，龙头高抬，迎春占先，大江南北，畅想春天。

① 二月二：即我国农历二月初二，传说是龙抬头的日子，是中国民间传统节日。庆祝“龙头节”，以示敬龙祈雨，让老天保佑丰收，北方地区在节日期间有吃猪头肉、理发的习俗。
② 蓟北：这里泛指北京。北京有据可查的第一个名称为“蓟”，是春秋战国时燕国的都城。

玉兰贺节

绿叶羞藏花绽前，
白红玉朵领春先。
一冬蓓蕾含苞举，
脱帽丛毫奋写天。[①]

【题解】该绝句作于2017年3月8日。在北京街头，春天里玉兰花是较早开放的。作者观察整个冬季其花蕾一直在孕育，入春后花蕾如成人拇指或更大，有厚厚一层白灰绒毛包裹，状如毛笔笔头，枝枝朝向天空。三八佳节，玉兰花开，恰似坚强女性，经历冬的煎熬，一夜间绽放美丽，精神奋发，昂扬向上。

① 脱帽丛毫：指脱下笔帽的毛笔。丛毫：即笔毫，毛笔；毫，指毫毛、毛发，也专指毛笔的笔头部分。因玉兰花蕾在枝头成丛，故以丛毫形容。

黄骅冬枣①

七月人间冬枣甜，
大棚筑建味提前。
虽云质肉微糠憾，
为有金钱改自然。

【题解】该绝句作于2017年9月17日。农历七月，烈日炎炎，有口福品尝黄骅冬枣，味道酥脆甘甜，虽微糠，但总体口感颇佳。询问方知是大棚种植的反季节瓜果，市场价格较贵。遂咏出“为有金钱改自然”句，或许是“有钱能使鬼推磨”的雅说。

① 黄骅冬枣：黄骅为河北省沧州市代管的县级市，被誉为中国冬枣之乡。黄骅冬枣皮薄、肉厚、核小，肉质细嫩而酥脆，酸甜适口，口感极佳。据文献记载，公元1490年（明弘治三年），聚馆冬枣呈送宫中献于帝后，被钦定为“贡枣”。齐家务乡聚馆村有原始冬枣林，林中树龄600年以上者198株，这些古树虽饱经风霜，仍枝繁叶茂，果实累累。聚馆古贡枣园是唯一一个以树木珍稀而被授予全国重点文物保护的单位。

松　秋

河柳蔫蔫软骨垂，[1]
山松默默劲枝崔。
秋黄风起飘千叶，
青定新尖不动岿。[2]

【题解】该绝句作于2017年9月25日。秋末河柳，蔫无精神；山顶之松，劲枝崔嵬。秋风横扫，片片黄叶飞落，而迎风挺立的松树，悄换枝叶，四季常青，岿然不动。松树，像坚定的汉子，承受生活的磨炼、世俗的摧残，脚跟立定，坚如磐石，历久弥坚。

① 蔫蔫：音niān niān，蔫的原意是指植物失去水分而萎缩；也用作形容人情绪低落，没精神、不活泼的样子。
② 新尖：双关语，明指松树上新生的枝尖和叶尖，实是指人的心坚（间），心中意志坚定也。

真　香

真香嘉卉靓金秋，
菊灿重阳明赤楼。①
泼墨交流茶饮字，②
葵黄轮转酒抛忧。③

【题解】该绝句作于2017年10月29日。记录了作者与笔友周末一起交流书法，带着途中所见明亮疏朗秋景，泼墨品茗陶醉于艺术交流时愉快而忘忧的心情。正是：金葵菊灿黄，友谊泛真香。

① 赤楼：即红色的楼房。
② 茶饮字：是边饮茶边写字之意。
③ 葵黄：指金黄色的向日葵。

七言律诗

初宿静颐堂[1]

寻幽格定大皮营，[2]
初宿乡村品鸟鸣。
檐下修身翻史册，
园中养性弄春耕。
月光似水波明院，
琼树如姝影画楹。
梦里同窗琴岛聚，[3]
槐香一觉已深更。

【题解】 该律句作于2004年5月5日。作者出生成长在农村，离开家乡十八九年后愈加思念农村生活，遂租用郊区一农家小院，感受环境，净化心灵，遂有“檐下修身翻史册，园中养性弄春耕”的清静文雅情怀。

① 静颐堂：是作者称谓租用农家院的雅名，因大学期间的座右铭为“宁静以致远，伏翼为雄飞”，故雅称为静颐堂，亦即净翼堂。

② 大皮营：村庄名，位于北京市大兴区采育镇。

③ 同窗：指作者江西财经大学同学。2004年是作者大学毕业15周年，同学们相约7月份到山东省青岛市聚会。

琴岛：指青岛市。

迟碰嚓[1]

弹弓早起叫声急，[2]
迟到批评勿误时。
割麦忙节规诫懒，
护粮月令捕虫吃。
向前敢打贪玩子，
后退迎风固幼枝。
高树梢头骄傲立，
大方高雅展雄姿。

【题解】 该律句作于2006年8月10日。作者休工龄假在武陟，到村西头即西膀地散步，回忆儿时干农活、割青草经历，忽然发现纱帐般的玉米地里，一只备受作者敬重的益鸟黑卷尾，迎风立于玉米梢上，遂赞美其“割麦忙节规诫懒，护粮月令捕虫吃”的品格。

① 迟碰嚓：即黑卷尾，鸟的方言名。此处是豫北农村方言的读音，其字面意思为“迟到了就要受批评”。黑卷尾是雀形目卷尾科的鸟类，体长约30cm，通体黑色，尾长为深凹形，最外侧一对尾羽向外上方卷曲。主要从空中捕食飞虫，以夜蛾、蝽象、蚂蚁、蝼蛄、蝗虫等害虫为食。分布范围是伊朗至印度、中国、东南亚等。

② 弹弓早起：是黑卷尾有韵律的优雅叫声。弹弓，此处指支撑芟刀的弓，即农村芟收麦子时用的工具。也是一种冷兵器或游戏工具；早起，即早点起床，趁天气凉爽干好农活。

新清明

清明节假阳光照，
杨柳依依春意闹。
薄养倾心贤子孙，[①]
无须厚奠奔波扫。[②]
生前关爱可常唠，
逝后忧思即忘了。
无奈孝行错过时，
文明洒祭愿还好。

【题解】该律句作于2011年4月5日。清明无雨，春光明媚，春意盎然。作者借此提出了自己的孝亲观和清明祭扫观，即“薄养倾心贤子孙，无须厚奠奔波扫。”

① 薄养：此处指子女在父母等老人生前，不必追求为老人提供奢华的生活，而是倾心尽力，让老人吃饱穿暖，开心快乐即可。

② 厚奠：指大办丧事，亦指老人去世后举行隆重丰厚的祭奠、祭祀。

新 水

春面不寒杨柳风，
冰河前夜化冰层。
晶莹新水彰活力，
明亮金光耀步轻。
一瞬天开晨晚换，
三更灯点乐忧生。
澄怀直道思民本，[①]
发展研习理念精。[②]

【题解】该律句作于2016年2月18日。七九燕来，河面冰开。作者晨行途中，看到春水彰显的奔腾活力和阳光的耀眼清亮，感悟一瞬天亮的迅忽，三更忧思的焦灼，遂升华格出"澄怀直道思民本，发展研习理念精"的时代价值追求，以民为本，绿色发展。

① 澄怀直道：澄怀，意思是清心，静心，《南史·隐逸上·宗少文》："老疾俱至，名山恐难遍睹，唯澄怀观道，卧以游之。"直道，泛指笔直的道路，此处指正确的道理、准则、信念。

② 发展研习理念精：此句是精心研究学习新的发展理念之意。研习，研究学习。《北齐书·文宣帝纪》："诏郡国修立黉序，广延髦俊，敦述儒风。其国子学生亦仰依旧铨补，服膺师说，研习《礼经》。"

小暑感意

一听啤酒欧杯赛，
思绪千千胸臆开。
双暑无觉轩牖对，[①]
五合有感笔端排。[②]
江淮洪涝兵民念，[③]
南海偏裁盗寇歪。[④]
崛起大国凝定力，
龙飚席卷荡尘埃。

【题解】该律句作于2016年7月7日，我国农历六月初四。作者从欧洲足球赛起意，因暑天多雨而忧念并赞扬军队和百姓齐力抗洪，转而关注世界时势之南海仲裁案，后乃格出“崛起大国凝定力，龙飚席卷荡尘埃”之大国气魄和豪迈对策。

① 双暑：指我国农历二十四节气中的小暑大暑两个节气，标示着夏季开始，气温升高，天气炎热，并达到最热，其间农作物生长最快，同时很多地区的旱、涝、风灾等各种气象灾害也最为频繁。

② 五合：指唐朝书法家孙过庭《书谱》所言的“五乖五合”书法创作观念。即“神怡务闲，一合也；感惠徇知，二合也；时和气润，三合也；纸墨相发，四合也；偶然欲书，五合也。心遽体留，一乖也；意违势屈，二乖也；风燥日炎，三乖也；纸墨不称，

四乖也；情怠手阑，五乖也。”

③ 江淮洪涝：指2016年6月以来的长江中下游沿江地区及江淮等地出现的最强降雨过程，它给部分地区造成严重的洪涝灾害。

④ 南海偏裁：指南海仲裁案，即所谓“菲律宾控告中国案”，是一个临时组建的所谓海牙国际仲裁法庭，就菲律宾阿基诺三世政府单方面提起的南海仲裁案进行的所谓“裁决”，其实质是在域外国家煽动下进行的披着法律外衣的政治闹剧。该闹剧始于2013年1月，2016年7月做出了所谓的“最终裁决”，判菲律宾“胜诉”。2016年12月，菲律宾新任总统杜特尔特表示搁置南海仲裁裁决，不会向中方强加任何东西，菲不准备对抗中国。

大　雨

举伞迎凉健步行，
珠波泡浪似卒兵。
悄无锻炼人群影，
偶有鸣吹笛管声。
今夏全国多雨泻，
朝夕各地少灾生。
中华明道关民本，[①]
防患未然即挚情。

【题解】该律句作于2016年7月20日。大雨倾盆，行有所思，期望雨可大但却要少灾害发生，继而升华格出“中华明道关民本，防患未然即挚情”，即防患于未然的未雨绸缪之民本思想。

① 民本：即以民为本的思想。我国传统的民本观念是相对于君本（国本）、官本而言的（其实两者是对立统一的），其原意是指中国古代的明君、贤臣为维护和巩固其统治而提出的一种统治观，其基本思想主要表现为重民、贵民、安民、恤民、爱民等。

丙申中秋

一轮明月光如水，
两眼清秋天寂寥。
忧念深深国梦重，[①]
焦思迫迫血压高。
家国忠孝情怀守，
世界和平运命交。[②]
桂影霜灰金帚净，[③]
诗心丹鹤碧云霄。

【题解】该律句作于2016年9月15日。明月如水，清爽中秋，作者却忧心重而血压升高，忧扫去人间霜雪灰霾，忧扫净天上桂影，忧家国命运之发展，乃格出“家国忠孝情怀守，世界和平运命交”的家国情怀。

① 国梦：即中国梦，即实现中华民族伟大复兴的中国梦。

② 世界和平运命交：此句化用习近平同志“构建以合作共赢为核心的新型国际关系，打造人类命运共同体”重要思想，指全人类命运相交，应互为尊重，维护保持和平。

③ 桂影霜灰金帚净：此句是天上明月中桂树阴影和人间的霜雪灰霾，需要用神奇的金色笤帚来扫却干净之意。

一树花开

小院樱桃花灿鲜，
白洁纱幔朵团团。
嗡嗡蜂唱机飞远，[①]
软软蝶翻鹊叫前。
惊喜悦心十载见，
静颐养眼刻朝间。[②]
树旁湘子浇园碌，[③]
亭下愚公览史闲。[④]

【题解】该律句作于2017年4月3日。十年树木，百年树人。偶见花开一树，洁白如纱，令人惊喜悦心，但时间关系，只能享受片刻静美，遂产生“惊喜悦心十载见，静颐养眼刻朝间”的感叹。

① 嗡嗡蜂唱机飞远：小院处在飞机航线之下，不时可以听到飞机划过天空的声音，与蜜蜂的嗡嗡声相交融，不觉地让人的听觉拉长至无限悠远。

② 静颐养眼刻朝间：此句是指作者在静颐亭下享受养眼的花色和闲暇生活时间短暂的意思。

③ 湘子：是作者对妻子的爱称。

④ 愚公：此处为作者自称。愚公是中国神话传说中的人物，愚公移山故事的主人公。常用以比喻做事有顽强毅力、不怕困难的

人。毛泽东曾用愚公移山的故事鼓舞和教育人民发扬艰苦奋斗的精神。唐·高适《封丘作》诗："州县才难适，云山道欲穷。揣摩惭黠吏，栖隐谢愚公 。" 明·夏完淳《大哀赋》："人容鼓吏之狂，世笑愚公之癖。"

观 樱

观樱五载熟无睹，
审美疲劳慵懈松。
温水青蛙侵力软，[①]
阱中斑虎怒威穷。[②]
超前底线思维备，
战略绸缪史语通。[③]
辩证求新常换位，
梨荷菊雪海棠红。

【题解】该律句作于2017年4月10日。每年北京玉渊潭公园的樱花节，是市民们春天的节日，人山人海，赏眼悦心。作者连续五至七年左右近乎天天在公园快走锻炼，每一区域樱花美色特征均记在心。但因工作中滋生慵懒松懈情绪，遂格出“辩证求新常换位，梨荷菊雪海棠红”，意指诸多科学的思想方法和能力要求。

① 温水青蛙：是美国康奈尔大学做过的一个实验，他们把一只青蛙丢进煮沸的油锅里，青蛙在生死关头，用尽全力跃出滚滚油锅，跳到地面安然逃生。隔半小时，他们使用同样大小铁锅，这一回在锅里放满冷水，然后把那只死里逃生的青蛙放在锅里。这只青蛙在水里不时地来回游动。接着，实验人员偷偷在锅底下用炭火慢慢加热。青蛙仍然在微温的水中享受“温暖”，待意识到水

温使它熬受不住时，一切为时太晚，终致葬身在铁锅里面。“温水煮蛙”道出了从量变到质变的原理，说明的是由于对渐变的适应性和习惯性，失去戒备而招灾的道理。突如其来的大敌当前往往让人做出意想不到的防御效果，然而面对安逸满意的环境往往会产生忘却戒备的松懈，这可能是最致命的，甚至使人至死也都还不知何故。

② 阱中斑虎：虎作为兽中王，一旦落入陷阱中，即有力无处使，威武不再。借此以说明不同环境、不同背景对人或物的改变起着决定性的作用。

③ 超前底线思维备，战略绸缪史语通：此联及下句“辩证求新常换位”化用了习近平同志提出的“战略思维、历史思维、辩证思维、创新思维、底线思维”五大思维能力之宏阔深意。

飘　叶

荫荫夏木柳枝长，
飘叶一枚委草旁。①
碧水波流清灿灿，
白眉目盼淡黄黄。②
孤舟失信难行远，
明道存心易克刚。
时令顺然皆有美，
脚跟立定不思量。③

【题解】该律句作于2017年7月28日。炎炎夏日，垂柳葱郁。作者晨行途中，忽见一枚弯眉般的柳叶冉冉飘落，委身草丛，心里掠过一丝凄凉。遂格出“孤舟失信难行远，明道存心易克刚”的辩证判断和“时令顺然皆有美，脚跟立定不思量”的逆境信念。

① 委：此处通萎，指植物的枯萎、枯槁、凋谢。又含有委身、托身之意。

② 白眉目盼：此处指柳叶。白眉，指落地时略带白色的柳叶，像女子化妆成白色眉毛一样；目盼：乃美目盼兮之借用，指柳叶原来的清亮美丽。

③ 脚跟立定不思量：指意志信念坚定，不用多思多虑之意。化用于清朝李棠阶绝句：“欲界层层是面墙，一番打破一番光。只要脚跟常立定，何愁世路似羊肠。”

览红海滩[①]

百里拼图渤海北，
赤黄青碧鹭鸥飞。
火红耀眼碱蓬色，
幻彩神光盘锦辉。
稻梦云霞廊道绕，
爱心情箭斗渠追。[②]
滩涂何以成金地，
理念趋新人性归。

【题解】 该律句作于2017年8月4日。作者休假自驾车参观了盘锦红海滩，通过对红海滩自然风光、五彩美色和景点意蕴美名的列举，格出了“滩涂何以成金地，理念趋新人性归”的新发展理念。滩涂成金，是创新、协调、绿色、开放、共享五大发展理念的有效实践。

① 红海滩：位于渤海湾东北部，即辽宁省盘锦市大洼区赵圈河乡境内，是一处著名的国家级自然保护区，自然环境与人文景观结合完美，集游览、观光、休闲、度假为一体，为综合型绿色生态旅游景区。

② 斗渠：一般指由支渠引水到毛渠或灌区的渠道。这里多为自然水道，有相互缠绕追逐之状。

稻梦云霞廊道绕，爱心情箭斗渠追：此联列举了景区内“稻梦空间”“踏霞漫步”“廊桥爱梦”“爱情宣言廊”“向海同心”等著名景点。

玉簪花

小院农家大叶鲜，
不识真面越十年。
瑶池仙子荆公赞，①
楚越花魁山谷宣。②
奥运公园纱雪舞，③
护城河畔玉姿翩。④
馨香四溢微风后，
抑或中宵清夜间。

【题解】该律句作于2017年8月13日。作者从首联玉簪花的鲜绿大叶“起”，颔联借用古人“瑶池仙子”“江南第一花”的千年赞美“承”，颈联以亲眼所见纱雪飞舞、玉姿翩跹的宏阔壮观“转”，尾联从微风溢香到夜间芬芳愈浓引人想象“合”，结构严谨，阅读识花；逻辑分明，吟诵留香。

① 瑶池：是古代我国神话传说中昆仑山上的池名，乃西王母所居住之美池。现代肖草《瑶池》诗：“莽莽昆仑宇外山，皑皑慕士日头竿。移莲王母瑶池会，不是仙人也感叹。”

荆公：指王安石（1021—1086年），字介甫，号半山，临川（今江西抚州市临川区）人，北宋著名的思想家、政治家、文学家、改革家。其有诗赞玉簪花云：“瑶池仙子宴流霞，醉里遗簪幻作花。万斛浓香山麝馥，随风吹落到君家。”

② 山谷：指黄庭坚（1045—1105年），字鲁直，号山谷道人，晚号涪翁，洪州分宁（今江西省九江市修水县）人，北宋著名文学家、书法家，为江西诗派开山之祖。与张耒、晁补之、秦观都游学于苏轼门下，合称为“苏门四学士”。其有诗赞玉簪花道：“玉簪堕地无人拾，化作江南第一花。”

③ 奥运公园：指奥林匹克森林公园，位于奥林匹克公园的北区，贯穿北京南北的中轴线北端，是北京市最大的城市公园，被称为第29届奥运会的“后花园”。

④ 护城河：此处指北京南护城河玉渊潭公园至陶然亭公园段。

赏银杏大道[①]

秋黄银杏染皇城，
拥堵钓鱼台侧行。
叶落风吹金雨坠，
闪拍像定彩衣婷。[②]
祖孙卧享驼绒毯，[③]
情侣携听穗粒声。[④]
一派祥和忧筑梦，
复兴大业主和平。

【题解】该律句作于2017年11月7日。作者通过钓鱼台银杏大道美丽风景和祥和氛围的描写，引出了对“实现中华民族伟大复兴中国梦”的忧念、关心和思考，转合较为妥帖。

① 银杏大道：位于北京市西城区三里河路钓鱼台国宾馆东墙外，这里的银杏林已成为北京观赏银杏的一个地标，是人们赏秋、思秋、怀秋、恋秋的好去处。

② 彩衣婷：此处泛指穿着红、蓝、绿等彩色衣服，婷婷玉立的美丽女孩。

③ 驼绒毯：此处指落在地面上厚厚的银杏叶，像地毯一样柔软舒服。驼绒是骆驼绒的简称，驼绒是取自骆驼腹部的绒毛，统制后制成的。驼绒色泽杏黄、柔软蓬松，是制作高档毛纺织品的重

要原料之一。

④　穗粒声：此处指银杏叶掉落的声音，像成熟麦穗咋咧发出的声响一样。穗，是稻麦等禾本科植物的花或果实聚生在茎上顶端部分，亦泛指穗状花实。

花齐清明

雪凝春冷雾蒙蒙，
晨练公园大步行。①
新柳幼杨松草嫩，
丁香桃艳玉兰青。
关山千叶菩萨象，
染井垂枝白妙盈。②
自信拿来齐万物，③
樱花风起也清明。④

【**题解**】该律句作于2018年4月5日。北京玉渊潭公园自1973年栽种象征中日友好的大山樱以来，樱花灿烂，缤纷万象，已成为京城春季佳景。作者清明假期到单位值班，一大早先到玉渊潭公园散步赏樱，虽然天气极为寒冷，但美景依然令人诗性勃然。中华文化的自信，从植物引进方面也应拿来吸收，以齐全华夏物种，融入传统文化，服务人民生活。遂有“自信拿来齐万物，樱花风起也清明”之句。

① 公园：即北京玉渊潭公园，1989年园中建樱花园，此后每年春季即举办“樱花节”，已经成为北京最为著名的赏樱景点。

② 关山千叶菩萨象，染井垂枝白妙盈：该句列举渲染了公园中群樱灿烂的场面，包括关山樱、千叶樱、普贤象樱、染井吉野樱、

垂枝樱和白妙樱等。其中，用菩萨象代指普贤象樱，以合平仄。

③ 自信拿来：自信，即是指中华文明和文化的自信；拿来，即是鲁迅先生倡导的拿来主义。

④ 樱花风起也清明：借用宋朝吴惟信《苏堤清明即事》诗意，化用诗句，即“梨花风起正清明，游子寻春半出城。日暮笙歌收拾去，万株杨柳属流莺”。

梨花祭

梨花风起正清明，
百载千枝虬干擎。
龙爪向天泼水墨，
麟蹄离地点丹青。
白云起舞明妃曼，[①]
春雪飞歌西子轻。[②]
祭奠英灵银瓣洒，
君王泪雨更痴情。[③]

【题解】 该律句作于2018年4月6日。习近平同志曾强调：中华民族是崇尚英雄、成就英雄、英雄辈出的民族，和平年代同样需要英雄情怀。一个有希望的民族不能没有英雄，一个有前途的国家不能没有先锋。作者清明节到北京大兴梨花村梨园观赏梨花后，由银瓣飘洒如泪雨而缅怀中华民族英雄魂灵，并以领袖为榜样，崇尚英雄、祭奠英灵。

① 白云起舞明妃曼：此句形容梨花像白云般柔美，风吹枝条又如美女曼妙的舞步，令人悦目。明妃，指王昭君，借指美女；曼，柔美、曼妙的意思。

② 春雪飞歌西子轻：此句形容梨花像白雪般洁雅，花瓣飘落又如美女轻柔的歌声，令人悦耳。

③ 君王泪雨更痴情：借用京剧大师梅葆玖演唱的《梨花颂》（大唐贵妃）歌词意韵，化用词句，即“梨花开、春带雨，梨花落、春入泥。此生只为一人去，道他君王情也痴、情也痴”。借指全国人民要以领袖为榜样，缅怀英灵、敬仰英雄，祭奠英灵、崇尚英雄。

晨闻燕鸣

天宁桥畔燕成群，①
飞舞唧唧逐日轮。
蓟镇高丘砖瓦古，
元宫大内雾云深。
建都帝业松长夏，
执政军阀草短春。
历史生机王谢道，
中华自信世通尊。

【题解】 该律句作于2018年6月5日。作者经常步行上班穿行北京西二环滨河公园，南端有元中都宫殿遗址，北端有蓟丘遗址。此日早上走到北端天宁寺桥下，忽然看到燕子成群飞舞，听到唧唧鸣声不断，想到“旧时王谢堂前燕，飞入寻常百姓家”诗句，遂有此咏。

① 天宁桥：指北京市天宁寺桥，位于西城区，是广安门北滨河路（西二环）同宣武门西大街－莲花池东路交汇的复杂立交桥。因其位于北京著名寺庙天宁寺附近，故取名为天宁寺桥。天宁寺始建于北魏孝文帝年间，是北京最古老的寺院之一，寺中有北京最高的密檐式砖塔，为辽代时所建。

明心篇

五言绝句

春节回乡见闻文章获奖有感

情深归故里，
挥笔颂神州。
深入基层去，
洞悉喜与忧。

【题解】 该绝句作于2007年3月8日。2007年春节期间，财政部党组号召开展“春节回乡见闻”调研活动。活动成果以调研报告为主，兼有纪实、访谈、散文、日记、诗歌、图片等多种形式，内容涉及财政支农惠农政策落实情况、农村义务教育经费保障机制改革情况等诸多方面。成果从不同角度、较为全面地展示了近年来我国财政经济发展的新成就和新变化，比较真实地传递了老百姓的想法和期盼。作者积极参与此项活动，并撰写了《为了实现总理的嘱托——河南省武陟县“依农兴工、以工促农”做大财政经济蛋糕工作见闻》一文，被评为一等奖。

晚归赏花

暗香浮眼亮，
柔影动心房。
灯火荧光烁，
暖风春意扬。

【**题解**】该绝句作于2016年3月30日。作者下班沿北京西护城河西岸晚归，街灯照耀下的春花影波流动，暗香阵阵，不时有暖暖春风袭来，令人心情舒畅，意气昂扬。拿出手机遂拍，暗香耀眼明亮，柔影摇曳心房，遂有此咏。

《财政文学》群挺规在前赞[①]

财苑作家群，
正直率性伸。
高明需律己，[②]
烈火炼真金。

【题解】 该绝句作于2016年4月19日。文学是以语言文字为工具，比较形象化地反映客观现实、表现作家心灵世界的艺术；文学也是表达社会生活和心理活动的学科，属社会意识形态范畴。一个杰出的文学家就是一个民族心灵世界的英雄。文学爱好者要正直率性，但也需要严于律己，更需要社会生活实践的熔炼。

① 《财政文学》：是2011年，由财政部机关工会所属文学会创立的以书代刊文学读物，散文家宁新路同志为主编，经济科学出版社出版。主要刊发财政系统作者创作的文学作品和各界作家创作的反映财政人、财政事的文学作品，涵盖散文、诗歌、小说、报告文学、文学评论等多种体裁，对财政工作者而言是一本陶冶情操的好书。“财政文学群”是全国财政系统文学爱好者自愿组建的微信交流平台。

② 律己：即克制、把握自己。宋·陈亮《谢曾察院启》：“严于律己，出而见之事功；心乎爱民，动必关夫治道。”明·陈继儒《小窗幽记》：“轻财足以聚人，律己足以服人，量宽足以得人，身先足以率人。”

五言律诗

贺《中国财政》创刊六十周年[1]

春秋一甲子，
风雨二十年。
偶有文章载，
常交党建宣。
喉舌庶政瑞，[2]
阵地众心坚。
专业迎时进，
多媒品韵鲜。[3]

【题解】 该律句作于2016年5月19日。句中的“众心”，既指包括作者在内的广大财政工作者齐心协力、坚定不移地服务国家经济建设，又指全国关心支持财政工作的干部群众勠力同心、团结一致地建设伟大的社会主义国家。

① 《中国财政》：指《中国财政》杂志，是全国中文核心期刊。

② 庶政：此处即借指财政。英国古典政治经济学的主要代表人物之一亚当·斯密于1768年开始着手著述《国家财富的性质和原因的研究》（简称《国富论》），书中亚当·斯密称“财政乃庶政之母”。我国唐代著名理财家杨炎也讲过“财赋者，邦国之本”。

③ 专业迎时进，多媒品韵鲜：此联概括反映了《中国财政》广泛宣传财政改革，全面关注社会民生，集中展示财政工作辉煌成

就，为国家财经方针政策提供有力的舆论支持等方面的专业性、指导性；又深深植根于财政系统，为广大财政工作者提供深情的人文关怀等方面的可读性、艺术性。

惊震二毛须

匆登广鹿岛，[①]
未带剃须刀。
重夜悠然过，
三天陡瞬消。
书读双卷本，[②]
浪赏两滩潮。[③]
照镜心惊震，
山羊胡二毛。[④]

【题解】 该律句作于2017年8月3日。作者惊见胡须有斑白二色，震动心境，当明心克急，静性戒躁。

① 广鹿岛：隶属大连市长海县，位于黄海北部长山群岛的西部，是国家级海岛森林公园、辽宁省风景名胜区。

② 双卷本：指作者在岛上通读了两本书，即季羡林的《命运沉思录》和李书磊的《杂览主义》。

③ 两滩潮：指岛上的月亮湾海滩浴场和彩虹海滩浴场分别卷起来的潮水。

④ 山羊胡二毛：指下巴上胡须有斑白二色。山羊胡，指男子下巴上一小撮整齐的尖形或簇状的胡须，形状像山羊下巴颏下长的一小撮毛一样，故称。二毛：指有斑白二色的胡须、头发。常用

以指年龄偏老的人。晋葛洪《抱朴子·遐览》："二毛告暮，素志衰颓。"民国谢无量《春日寄怀马一浮》诗："病余人事懒，愁畏二毛侵。"

财神日拜戊戌年

初五年重拜，
财源滚滚来。
春光福满院，
雨水瑞耕台。
鸿运升沉转，
富康增减排。
初心恒不忘，①
逆顺畅天怀。②

【题解】 该律句作于2018年2月20日。作者正月初三离开家乡返京途中，全家驱车到保定市参观了总督署和莲花公园，为保定浓厚的传统文化积淀而赞叹，念念于心的是曾国藩“虽逆境亦畅天怀”联意。初五财神日，特撰此律，复众友短信、微信拜年。

① 初心：指习近平同志在党的十九大报告中强调的初心和使命，即：中国共产党人的初心和使命，就是为中国人民谋幸福，为中华民族谋复兴。

② 逆顺畅天怀：借用保定总督署四堂堂前柱子上曾国藩题写的“战战兢兢即生时不忘地狱，坦坦荡荡虽逆境亦畅天怀”自箴联意。即不管身处逆境还是顺境，都要舒展畅开天然的博大胸怀。

七言绝句

学平仄

长街静坐细观书，[1]
车水马龙视野除。
暖日洋洋吹后背，
晓明格律脑心舒。

【题解】该绝句作于2004年4月11日。作者送女儿到学校练习琵琶，等待期间在长安街边看书学习古典诗词格律知识。看书专注，无视车龙，春阳暖背，会神聚精，格律明晓，脑心舒畅。

① 长街：即北京长安街，是一条横亘于天安门前的东西轴线。其名取自盛唐时代都城“长安”的称谓，有长治久安之意。通常说的“十里长街”，是指建国门至复兴门的距离，长为13.4华里。

获岳力赠《岳飞家史考》感言[①]

家书七册凝心血，
族脉清晰千古谐。
博爱丹心呈圣祖，[②]
和平年代是豪杰。

【题解】 该绝句创作于2005年8月。岳力宗亲委托儿子岳亮专门带给作者七册《岳飞家史考》相赠，皇皇巨典，十分珍贵。

① 岳力：(1940—2006年)，湖南省益阳市赫山区泉交河镇松树山人，曾是益阳市工商局干部。倾20多年心血，踏遍全国16个省、市、区，考察30多个岳姓集中居住区，编辑《岳飞家史考》(七册)。创立了岳飞后裔联谊会，后更名为岳飞思想研究会，曾任会长。

《岳飞家史考》：是一部对民族英雄岳飞家族及其后裔分布、家族史料等进行考证的权威书籍。

② 丹心：指忠诚之心、赤诚之心。南宋·陆游《金错刀行》："千年史策耻无名，一片丹心报天子。"

圣祖：指岳飞，作者为英雄第31世孙，故称先祖为圣祖。

绍勇仁兄寄语[1]

看路抬头多请教，
交朋放眼少相邀。
苗兄寄语醍醐顶，[2]
实干专心奔目标。

【题解】该绝句作于2006年8月8日。绍勇书记的寄语，可谓大道至简：问路多请教、交友少相邀。作者顿悟之后，决心工作实践中坚持“实干专心奔目标”。此与中央领导们提倡的“实干兴邦”相合一致。

① 绍勇：指苗绍勇，作者的领导和朋友。曾任武陟县县长、县委书记、焦作市人大副主任，现已退休。

② 醍醐：成语醍醐灌顶的简写。醍醐，是酥酪上凝聚的油。用纯酥油浇到头上，佛教指灌输智慧，使人彻底觉悟。比喻听了高明的意见使人受到很大启发。也形容清凉舒适。唐·顾况《行路难》诗：“岂知灌顶有醍醐，能使清凉头不热。”

读邹平女士《吟啸徐行》[①]

妙句锦辞巧手裁，
情怀境界小窗开。
人生何惧经风雨，
一曲心弦娓娓来。

【题解】该绝句作于2009年11月27日。心弦如歌似曲，妙文洞悉情怀。邹平女士编辑刊印散文集《吟啸徐行》，作者为其情怀真挚、贴近财政和文笔优美而赞赏，故而吟之。

① 邹平：曾任河南省财政厅行政事业财务处处长、社会保障处处长和财政部国库司副司长级干部，现任中国总会计师协会管理会计分会副会长兼秘书长。

新版《岳飞和他的后裔们》座谈会口占[①]

民魄族魂忠孝脉，
河山还我大情怀。
耶稣武圣同悲难，[②]
文化传承启未来。

【题解】 该绝句作于2015年5月17日。侧面记录了在北京大学蔡伯赞塑像会议室，岳飞后裔代表、高校专家教授畅所欲言，热烈座谈新版书籍《岳飞和他的后裔们》的情况。北京大学教授、岳飞文化研究会会长岳庆平主持会议。作者在赞扬岳飞还我河山的民族精神和忠孝精神的同时，传递出了以血脉文化传承英雄爱国之心的壮志。

① 《岳飞和他的后裔们》：是由岳瑞霞主编的大型文集，2002年由中国文联出版社出版，为民族英雄岳飞诞辰900周年（2003年3月17日）献上的一份厚礼。2015年重新编辑后再版。

② 耶稣：即以马内利（汉译意为"神与我们同在"），是基督宗教里的核心人物，公元前4年出生于伯利恒（巴勒斯坦中部），公元30年受难。基督教认为他是《旧约圣经》中所预言的弥赛亚（救世主，基督）。

武圣：此处指南宋抗金名将、民族英雄岳飞。据考，明朝万历年间，关羽、岳飞并祀为武圣。我国历史资料印证，岳飞乃中华民族真正的武圣，其文武双全、忠孝双全、仁信双全、智勇双全、恨难双全，非姜太公、关云长所能比也。

机关党校毕业典礼口占赠学员

时飞百日研求是，①
放眼未来待盛装。②
党校熔炉经淬炼，
加鞭催马日方长。

【题解】该绝句创作于2016年1月12日。财政部机关党校举办第63期处级党员干部进修班党校毕业典礼，作者代表机关党委到会发言讲话时口占此绝句。

① 时飞百日：三个多月的党校培训，约为一百天的学习日子飞逝而过，故如此说。

求是：即实事求是，为中央党校的校训。也是汉语成语，意思是指从实际对象出发，探求事物的内部联系及其发展的规律性，认识事物的本质。通常指按照实际情况办事。

② 盛装：更强大、更美好的面貌。

致《财政文学》作家群群管二绝[①]

一

一冬孕育百花开，
春色满园枝蕾排。[②]
经夏秋实何累累？
只因财苑广人才。

二

引飞把向山河越，
领唱和鸣锦缎裁。
圣殿温馨情暖暖，
天天好戏上连台。

【题解】 该二绝句创作于2016年3月22日。微信平台的发展，给人们带来了信息交流的极大方便。但凡组织，自觉之基础上，也须有规矩。该二绝句名义为致谢群管，实则是对文学群作用的肯定，也是对全体文学爱好者的鼓励，更体现出作者推动财政文学发展之良苦用心。

① 作家群：由财政文学会会员组成的财政文学微信群。

② 枝蕾排：枝头花蕾并排绽放。比喻财政文学作家们百花齐放、精神饱满的高昂面貌。

紫光阁论坛聆听厉以宁教授主题讲座敬赠[①]

耄耋智叟扣洪钟，
析理亲情供给通。
善水涓涓开院派，
高山峻峻辟雍中。[②]

【题解】该绝句创作于2016年3月24日。作者对大师授课情景进行了高度凝练，赞扬了厉教授在当代经济学界的作用和地位，亦是对大师尊崇敬仰之心的展现。

① 紫光阁论坛：《紫光阁》是中共中央国家机关工作委员会主管的《紫光阁》杂志，创刊于1993年10月，由江泽民同志题写刊名。为服务中央国家机关各部门思想理论建设，开设了此专家论坛。

厉以宁：著名经济学家，当代中国经济学界泰斗，1930年11月生，江苏仪征人。1951年考入北京大学经济学系，1955年毕业后留校工作、任教至今。现为北京大学社会科学学部主任，北京大学光华管理学院名誉院长、博士生导师，中国民生研究院学术委员会主任，中国企业发展研究中心名誉主任。

② 辟雍：此处借指高等学府。辟雍是我国古代的一种学宫，培养社会上层建筑管理人员需要的各种技艺。本为周天子所设大学，校址圆形，围以水池，前门外有便桥。东汉以后，历代皆有辟雍，作为尊儒学、行典礼的场所。现存北京的辟雍，建于清乾隆四十九年（1784），是太庙国子监的中心建筑，清皇室规定皇帝即位后须在此讲学一次。

赠贺岳国杰“槐荫消夏”扇面书法展[①]

槐峻高高挂玉花，

荫浓一片小风刮。

消除暑气国杰字，

夏享清凉金扇抓。

【题解】该绝句创作于2016年4月6日。作者用一首藏头诗，赞扬岳国杰书法清新灵秀，如一股清风可以给人们带来夏天的清凉；艺术价值高，如金扇般给创作者带来较高的劳动报酬。是作者关心晚辈成长、激励晚辈潜心书艺的体现。

① 岳国杰：1987年出生，河南武陟人，系中国硬笔书法家协会会员、河南省书法家协会会员、武陟县书法家协会理事、王铎书画院院士。

扇面书法：就是将毛笔字写在扇面上的书法艺术。既可欣赏扇子面上的作品，亦可天热时扇风乘凉得爽。扇面书法和扇面绘画一样都是创作在扇面上的艺术作品。

曹文轩教授《阅读与人生》讲座口占[①]

安徒生奖烁寰宇，
百炼成钢心血书。
童道轩扬真善美，[②]
东西文化殿堂居。

【题解】该绝句创作于2016年4月29日。即日上午，曹文轩教授应邀到财政部作《阅读与人生》讲座，围绕“阅读的意义、阅读的讲究和选择”作了生动形象的讲解。作者作为主持人，总结时朗诵此绝句相赠曹教授。绝句赞扬曹教授以赤诚之心，用尽心思和精力著写儿童文学作品，宣传童理童道，让中国文学登上世界文学的殿堂，释放出中华文化复兴的一个重要信号。

① 曹文轩：1954年1月出生于江苏盐城，中国首位“国际安徒生奖”得主，中国儿童文学作家。1977年毕业于北京大学中文系并留校任教。任北京作家协会副主席，北京大学教授、当代文学博士生导师、当代文学教研室主任、儿童文学委员会委员、中国作家协会鲁迅文学院客座教授。

② 童道：儿童心灵中蕴含的道理和道义。

轩扬：轩通“宣”，即宣扬。也可以理解为曹文轩宣扬的缩写。

贺焦作书画爱好者慈善救助会成立并赠雪生二绝①

一

济弱扶贫笔墨腾，

英雄礼赞爱心呈。

夜深莫惧前行路，

明月皎洁瑞雪生。

二

云影晶光晓日升，

雪中送炭暖亲情。

太行山水滋仁爱，

信我文明天下赢。

【题解】该二绝句作于2016年10月3日。慈善救助，扶弱济贫，雪中送炭，爱心奉献，是中华民族的优良传统。作者诗中紧紧围绕爱心，鲜明了然地弘扬慈善精神。尤其在“夜深莫惧前行路，明月皎洁瑞雪生”“太行山水滋仁爱，信我文明天下赢”两联中，巧妙地嵌入了救助会负责人的名字。

① 焦作书画爱好者慈善救助会：成立于2016年10月，宗旨是

“以书画成就爱心，让慈善走进生活”，救助会云集了焦作市众多书画爱好者和致力于慈善事业的爱心人士。

雪生：指郭雪生，企业家，焦作武陟人，为焦作书画爱好者慈善救助会的创始人。其微信昵称为“诚赢天下”。

学书法

五十行草方开始，
书谱双王引眼痴。①
疾步行思强骨壮，
静心文趣久恒驰。

【题解】该绝句作于2016年11月29日。记录了作者快走锻炼身体和静心享受书法这一传统文化艺术的感受，体现出了静心之趣和恒心之进。

① 书谱：指唐代孙过庭撰并书的书法理论专著，草书墨迹通篇三千七百字，是我国古代书法理论史上一部具有里程碑性质的著述。孙过庭（646—691年），书法家、书法理论家，名虔礼，以字行，吴郡富阳（今浙江富阳）人。代表作《书谱》内容分溯源流、辨书体、评名迹、述笔法、诫学者、伤知音六部分，文思缜密，言简意深。其中许多观点，如学书三阶段、创作中的五乖五合等，至今仍有重要意义。

双王：指二王，即东晋书法家王羲之与儿子王献之的合称。

童年乡忆

近日精读乡贤李棠阶《李文清公日记》，深为其三十年日课修身、恒学不辍、诲人不倦、关心家国、挚爱乡园而钦佩、而赞叹。端午思节，晚散步念起童年点滴，遂从春雾、夏雨、秋果、冬读咏记之：

春 雾

村盈浓雾树藏形，静卧炕头心底清。
脑海啵啵何所象，劬劳祖母纺车鸣。①

夏 雨

割草西堤霁虹垂，湿衣狼狈落汤鸡。②
北山峻朗南山绿，黄水遥奇沁水迷。

秋 果

黍杆拉身寻草割，肖家坟后谷苗多。
偶飞土块梨枝雀，落地果拾撑进箩。

冬 读

晨起繁星挂满天，夜归弯月笑开颜。
悉心演算严寒忘，朗朗书声大殿前。③

【题解】 该绝句作于2017年5月30日。反映了作者幼年时期赤子之心的清澈与单纯，知祖母纺线劳苦的童真孝心，沁河堤上雨中割草时的好奇心，冬日读书时的用功心。

① 劬劳：音qú láo，劳苦、苦累的意思，也指父母抚养儿女的劳累。《诗·小雅·蓼莪》："哀哀父母，生我劬劳。"

② 西堤：作者出生地北贾村西边的沁河大堤。

③ 大殿：指村中玉皇庙的主殿，作者小学读书时的教室。

伏 闷

河沸山蒸酷热雄，
扬人抑己作愚公。
脚跟立定胸装海，
天命天人天旨融。[①]

【题解】该绝句作于2017年7月12日。通过第一句伏天闷热的描写，引出了作者扬人抑己的谦虚之心、脚跟立定的坚强之心、胸装大海的宽阔之心，以及“天命天人天旨融”的融合包容之心。

① 天命天人天旨融：此句中天命指的是作者已届天命之年的知天命之意识，天人是指中国儒家文化中讲的“天人合一”哲学思想，天旨是指共产党人全心全意为人民服务的宗旨意识。全句即是上述三种思想意识的融合包容贯通。

展望“读书日”

天滴布谷两三声，[①]
竹映窗灯四季明。
常伴书香福运久，
阅读处处有诗情。

【题解】该绝句作于2017年9月13日。作者为展望2018年4月23日的世界读书日，寄托读书中的诗韵情意而作，反映了作者爱读书的儒雅之心。世界读书日全称为世界图书与版权日，最初的创意来自于国际出版商协会。1995年正式确定，因为4月23日是西班牙著名作家塞万提斯和英国著名作家莎士比亚的辞世纪念日。世界读书日的主旨宣言为：“希望散居在全球各地的人们，无论你是年老还是年轻，无论你是贫穷还是富有，无论你是患病还是健康，都能享受阅读带来的乐趣，都能尊重和感谢为人类文明作出巨大贡献的文学、文化、科学思想大师们，都能保护知识产权。”

① 天滴：指天空中传来，好像春雨一样从天空中滴落下来。

仁　心

路上看到宣传墙报上有“仁心一片吉祥天”语，觉得是一句十分好的诗句，依其意而成绝：

仁心一片吉祥雨，
好善终生如意天。
春夏秋冬知甲子，①
未来展望越千年。

【题解】 该绝句作于2017年9月30日。2017年4月1日，中共中央、国务院决定设立国家级新区——雄安新区。宣传介绍这是千年大计、国家大事。新区奠基，传承历史；立足当下，展望未来，是符合社会历史发展规律的一种前瞻性判断与科学实践，与经历春秋知甲子是相通的。

① 甲子：此处为六十年的别称。据《吕氏春秋通诠·审分览·勿躬》载，干支纪年或记岁时六十组干支轮一周，称一个甲子，共六十年。甲子原为干支之一，即中国传统纪年干支历的干支纪年中一个循环的第1年称“甲子年”。

怀念马新朝[1]

路正情真写己心，
新朝寄语越年温。
重悲追念斯人语，[2]
骄傲幻河英气存。[3]

【题解】 该绝句作于2017年11月21日。“诗路正，用情真，抒写的是自己的心灵”，这是诗人马新朝同志2016年8月份，让到医院看望他的战友荆文鹏同志转给作者的话。这句话及新朝同志的关爱之意，一年多后文鹏同志转给了作者，令作者无比感动，遂作该绝句怀念。2009年作者出版第一本诗歌集《情维斯乡》时，新朝同志曾写信评价“作者的诗，都是从心底来的，朴实，情真，没有虚假的东西”。作者与新朝同志未能晤面，但诗人心灵间的友谊之树是常青的。

① 马新朝：笔名原野，河南省唐河人。曾任河南省作家协会副主席，河南省文学院副院长，河南省诗歌学会副会长，中国诗歌学会副会长。2016年9月3日，马新朝因病去世，享年63岁。

② 重悲：双重悲痛之意。作者2016年底在相关报道中获悉新朝先生病逝，即十分悲痛；文鹏同志转来关爱激励之话，更令作者感动而生悲生愧，故此写为重悲。

③ 幻河：马新朝的长篇抒情诗《幻河》，获第三届鲁迅文学奖。

七言律诗

题《武陟民俗志》①

千年名郡沁黄伸，②
民俗包罗万象新。
焦作新堂山水秀，
覃怀故地习风纯。
梅开二度宏图志，③
葩聚一园景色春。
望远登高周武立，④
归心天下育怀人。⑤

【题解】 该律句创作于2009年2月19日。孟子云："得道多助，失道寡助。"作者家乡武陟县的称谓蕴含着周王朝的开国历史，是社会变革更替时追求"天下归心"的楷模。人心归附，需得天时地利之道；人心向往，需有礼贤待才之招。

① 《武陟民俗志》：该志由武陟县文联组织编纂、中州古籍出版社出版，旨在抢救中国文化遗产的流失。总策划为孟丹，王光先、薛更银任主编，从农业、商业、衣食住行等26个方面全面、完整、系统地记述了武陟县民俗的历史和现状，为研究武陟民俗提供了翔实的资料。

② 沁黄伸：沁河汇入黄河于武陟老河口，即伸而穿也，故云。

③ 梅开二度：成语意指同一件事成功地做到两次。此处是因当

时武陟县委书记与县长两人均姓杜，借指二人团结一致、共立宏志，领导武陟经济社会大发展之期愿也。

④ 望远登高周武立：乃武陟县县名来历之源，武即周武王姬发，陟即登高望远。武陟秦时称怀县，隋开皇十六年（596），因武王伐纣时，曾在这里登高远望，便把此地取名为武陟县，取武王登高、升高，兴起、兴盛之意。明万历《武陟志》载："武陟县，周武王牧野之师，兴兹土，故名。"

⑤ 归心天下：即天下归心，指获得全体国民的信任、支持。汉·曹操《短歌行》："山不厌高，海不厌深。周公吐哺，天下归心。""周公吐哺"典出《韩诗外传》卷三："成王封伯禽（周公之子）于鲁，周公诫之曰：'往矣！子其无以鲁国骄士。吾文王之子，武王之弟，成王之叔父也，又相天下，吾于天下，亦不轻矣。然一沐三握发，一饭三吐哺，犹恐失天下之士。'"

学习家父《怀念母亲》书文有记

岳家微信墨香薰，[1]
咀品古稀老父文。
怀念知恩悲苦日，
传承图报孝慈心。
孙男作赋忠坚奋，
玄女填词节俭勤。[2]
憧憬未来齐望远，
春风润爱意氤氲。

【题解】 该律句创作于2016年3月2日。作者父亲岳崇舜在农历正月初九写了《怀念母亲》一段文字，以纪念作者祖母去世三周年。其中有“可是我母亲在家，饿得浑身浮肿，儿想到这些，不由得泪流满面。儿想你啊，我的妈妈”。肺腑之言，感情至深，催人泪下。为教育全家学习祖母重视教育的慈心、父亲的感恩孝心，传承艰苦朴素、读书治家的家风，作者在微信群中整理刊发父亲的文字，号召全体晚辈写出自己的感受，五天内15人发表诗歌18首，感言文字若干。

① 墨香薰：指家人围绕父亲《怀念母亲》的文章所展开的情深意浓、墨香文韵的微信交流。

② 玄女：是九天玄女简称，原是中国上古神话中传授兵法的女神，后经道教奉为高阶女仙。此处指岳家孙女、外孙女们。

劳动节陟河北野三坡百里峡吟赠[1]

五彩祥云百里峡，
一河拒马万头峰。
节拾级上三千路，
日转星移亿兆程。
快慢从来凭力稳，
乐忧自古赖情升。
赏山听水天亭到，[2]
心脑常明劳动灯。

【题解】 该律句创作于2016年5月1日。劳动是人类维持自我生存和自我发展的唯一手段。活用心脑，劳动最好。作者悟出“快慢从来凭力稳，乐忧自古赖情升”句。是一首藏头诗，即“五一节日，快乐赏心”，用以赠给诸位好友国际劳动节快乐而叮嘱不忘劳动之明灯。

① 野三坡百里峡：该景区位于河北省涞水县野三坡镇苟各庄村，总面积110平方公里，与北京市房山区接壤，是京西旅游景点中一颗最耀眼的明珠，更是野三坡的王牌景点。

② 天亭：指百里峡景区高峰顶上的亭子。天亭，极言亭高也。

读《北朝诗校注·北周卷》[1]

人间四月芳菲尽，
周末书中重找神。
细品北朝诗述史，
精读庾府韵传今。[2]
清新苍劲残花泪，
丰裕奉和枯树心。
文脉华魂垂健笔，
乡关情系叹冰轮。[3]

【题解】 该律句创作于2016年5月22日。枯树之心，即庾信《枯树赋》中抒写的亡国之痛、乡关之思、羁旅之恨和人事维艰、人生多难的悲切之情、感伤之心。

① 《北朝诗校注·北周卷》：校注者为赵建军、孙红梅、赵彩娟等，2014年5月由南开大学出版社出版。《北朝诗校注》以逯钦立先生的《先秦汉魏晋南北朝诗》为底本，严格按照原书的编排进行了校勘、注释。

② 庾府：庾开府的简称，指北周文学家庾信，因其官至骠骑大将军，开府仪同三司，故称。庾信（513—581年），字子山，小字兰成，南阳新野（今属河南）人，南北朝时期诗人、文学家。

③ 冰轮：指明月、圆月。唐·王初《银河》诗："历历素榆飘

玉叶，涓涓清月湿冰轮。”宋·苏轼《宿九仙山》诗：“夜半老僧呼客起，云峰缺处涌冰轮。”

阅《焦作日报·今日武陟》偶得

覃怀今日喜传音，①
武陟将来赏视频。②
亲切姓名常耀眼，
熟悉村镇顿温馨。
要闻政务明双版，
文韵民风艳四宾。
雅报一张连赤子，
智融故土变成金。

【题解】 该律句创作于2016年6月16日。离家游子，思乡之情何以慰藉？唯得家乡人事政务消息而心安；在外人士，爱乡之心何以展现？当以实际行动支持家乡发展方心宁。作者收到县委政府寄来的《今日武陟》报，心喜眼悦慰思情，奉智出力助发展。

① 覃怀：夏代地名，在今河南焦作市所辖地域。又称作河内，是指古代中国（黄）河之阳、（太行）山之阳间狭长而富饶鲜活的土地。汉代史学家司马迁《史记·货殖列传》曾讲："昔唐人都河东，殷人都河内，周人都河南。夫三河在天下之中，若鼎足，王者所更居也，建国各数百千岁，土地小狭，民人众，都国诸侯所聚会，故其俗纤俭习。"这段话向世人表明覃怀河内作为"天下之中""三河文明"的重要组成部分，曾是国家经济重心所在，中华

文明的重要发源地之一。

② 武陟：即武陟县，位于河南省西北部，黄河北岸，属焦作市，是焦作市的南大门，与省会郑州隔河相望。

高铁车厢读《有机马克思主义》①

调研培训红安去，②
高铁空适云雾途。
青麦黄枝条木竖，
白墙红瓦线桥弧。
枫霜带雨朦胧阻，
梅雪增思寥廓舒。
替代选择新马克，
立冬厢寂好读书。

【题解】 该律句创作于2016年11月7日。作者陪同机关党校班学员赴湖北红安干部学院培训，五个多小时的高铁途中，观窗外秋冬之景，看探索研究之书籍，思梅雪风霜之精神，长途读书，乃好习惯。

① 《有机马克思主义》：书之全名为《有机马克思主义——生态灾难与资本主义的替代选择》，著作者为美国菲利普·克莱顿、贾斯廷·海因泽克，翻译者为中国孟献丽、于桂凤、张丽霞，2015年8月由人民出版社出版。

② 红安：指红安县，隶属于湖北黄冈。大革命时期，这里打响了黄麻起义第一枪，诞生了红四方面军、红二十五军、红二十八军三支红军主力。诞生了董必武、李先念两位国家主席和陈锡联、韩先楚、秦基伟等223位将军，成为举世闻名的“中国第一将军县”。

致江财创业者

长江后浪推前浪，
校友江财创业忙。
兆亿翁姑垂榜样，[1]
万千帅丽比肩行。
交流理念传金钻，[2]
磋议商机琢玉方。
自信催发携手力，
炉高铁硬铸精钢。

【题解】 该律句创作于2017年1月8日。为激发中华民族的创业精神和创新基因，李克强同志在2015年政府工作报告中强调“大众创业，万众创新”。江西财经大学北京校友会创业群的青年校友多次开会研讨，激发交流创业热情、渠道、方法和实践。为鼓励青年校友创业者，遂有此作。

① 兆亿翁姑：兆亿是数词，极言众多之意。翁姑：即富翁、富姐，借指事业成功的江财之师兄师姐。

② 金钻：即金刚钻，是专门用来修补瓷器的工具。“金刚”是外来词，随佛教从印度传入。到了明朝，李时珍研究金刚石时发现，它不但可切割玉石，还能在玉器或瓷器上钻眼，于是就称它“金刚钻”。俗语云：“没有金刚钻，不揽瓷器活。”

读新路长篇小说《财政局长》感记[1]

国之庶政理财基，
郡县层级勿忖低。
苦涩山楂形象正，[2]
光鲜红果构思奇。
一流专业收支准，
精巧篇章预算期。
新路狙击弹玉字，[3]
金牌局长树红旗。

【题解】 该律句创作于2017年1月26日。财政作为国家政权建设中的庶政之母，现实社会生活中作用巨大。但反映财政工作的文学作品尤其是长篇小说，少之又少，几乎难寻。作者的同事好友宁新路经数年呕心沥血，向当代中国文坛呈上了一部《财政局长》皇皇大著，财政专业特色鲜明，构思精奇文字练达，弘扬正气耐人寻味，实乃财政人之骄也！

① 新路：指宁新路，散文家，甘肃武威人。现任《财政文学》主编，中国财政文学会副会长兼秘书长、中国散文学会副秘书长、中国作家协会会员。曾出版散文作品《别把阳光浪费了》《来去无尘》等十余部。作品曾获第五届“中国散文冰心奖”、“孙犁散文奖”大赛一等奖、中国报人散文“十佳”奖等数十项。

《财政局长》：是宁新路创作的长篇小说，2017年1月由作家出版社出版。小说反映了财政人生活情感现实，有浓厚的财政特色；揭示了财政业务与经济社会“牵一发而动全身”的矛盾，通过小说使读者了解了财政业务工作后面与经济社会息息相关的财经知识；塑造了我国数千个中层县级财政局长的典型形象，也为财政人道出了难以言表的苦水心声。

② 苦涩山楂：是小说中对财政工作的意象象征，像红果一样，外表光鲜，内心苦涩。

③ 狙击弹玉字：著名作家杜卫东为《财政局长》写了“文坛有个狙击手”的序言，赞扬宁新路捕捉题材上眼力独到、文学书写上亮点纷呈、叙述风格上简洁练达。此句即化用这一评价之意。

丁酉初三谢师恩

卅三载后轿车迎，[1]
薄酒家肴茶燕丰。
畅叙校园风趣事，
感怀岁月往昔情。
挚端九盏酬恩重，
敬解三题谢意诚。[2]
德艺根基师又固，
闻鸡起舞旭阳升。

【题解】 该律句创作于2017年1月30日。作者与高中同学程德顺等相约，共同邀请武陟三中语文老师宝宽富，数学老师刘学庆、何尽忠，化学老师程相同，英语老师宋高升等五位老师初三小聚，感谢三十三年前的培养教育之恩，重又聆听老师们的德化言导，心胸豁然，滤心增力，时间虽短，其乐融融。

① 卅三载：即33年。《说文》云："卅，三十也。"即数字三十的代用字。

② 敬解三题：指真诚地答应帮助老师们解决若干困难与问题，以表达对老师们的敬意。

和赵司长《丁酉新年如意》①

岁始中州垂翠纱，
三更起舞待明华。
开春筑梦争先进，
望夏肇思塑锦花。
世事无需空懊恼，
人生当应理青芽。②
长天五彩多浪漫，
风雅高歌共赏霞。

【题解】该律句创作于2017年1月31日。春节期间作者接到赵司长贺年诗作短信，诗韵开敞，境界阔大，受启发而相和。

① 赵司长：指赵路，河北乐亭人，时任财政部科教司党支部书记、司长。其《丁酉新年如意》诗为：“岁尽京城浣青纱，一声鸡鸣易年华。寒梅又筑新春梦，温酒频添锦上花。浮生何须空烦恼，凭栏淡饮粟粒芽。题诗坐品风雅去，浩荡长天绘云霞。”

② 青芽：指茶叶的嫩尖。亦是唐时浙江湖州顾渚所产的名茶。此处借指像严格工艺精心制作茶叶一样，梳理好人生的方向规划和目标任务。

天命之生两首[1]

一

国梦复兴气势宏，
民族自信溢心胸。
中和练就文明史，
屈辱刚强奋进功。[2]
大党从严航巨舰，
微躯砥砺作劳工。
如斯逝者新新日，
天命之年不懈松。

二

天命之年不懈松，
诗文思想蕴心中。
读书泼墨开微步，
究世问民求大同。
有任有责崇愿景，
无私无畏忘虚荣。
青山隐隐迢迢水，
跋涉登攀步步攻。

【题解】该律句创作于2017年2月13日，即农历丁酉年正月十七，是作者五十岁生日。随着我国国际地位提升，尤其是中华民族伟大复兴中国梦的鼓舞号召，中华文明蕴涵的优秀传统焕发出无限生机。个人生活，与国家命运紧紧相连；民族强大，需要每一位炎黄子孙拼搏奉献。“天命之年不懈松”，当是作者发出的心中之音。

① 天命之生：指作者天命之年的生日，即五十岁生日。

② 中和练就文明史：即中庸之道“致中和”的内涵，成就了中华文明史。中华文明亦称华夏文明。是世界上最古老的文明之一，也是世界上持续时间最长的文明。《新唐书·舆服志》曰：“中华者，中国也。亲被王教，自属中国，衣冠威仪，习俗孝悌，居身礼义，故谓之中国。”又云：“中国者，聪明睿知之所居也，万物财用之所聚也，贤圣之所教也，仁义之所施也，诗书礼乐之所用也。”

欣赏世尧仁兄微信美文美图致赞①

清新辞句意空灵，
心动眼前一亮明。
滴水恩情泉涌报，②
积山仁义信呈擎。
润之伟像雄图指，③
新路美篇椽笔评。④
织锦缀文心韵雅，
澄怀观道慕君行。

【题解】 该律句创作于2017年3月2日。王世尧先生是中国作家协会退休干部，其诗词清新空灵，文蕴深厚。作者由宁新路推荐邀请其作为申请加入作协介绍人，遂互加微信交流。作者读先生大兄微信中诗词，眼为之亮，心为之动，钦敬之意骤然而生，拜为老师实为高攀，遂咏此赞。

① 世尧：指王世尧，中国作家协会会员，1975年开始发表作品。1986年调入中国作家协会担任草明同志的专职秘书。1990年转调中国作协创联部。著有诗人评传《大地块垒铸诗魂》、诗集《故园》、编著《先哲观人》等，另有电视剧、电视专题片多集。

② 滴水恩情泉涌报：借用世尧大兄的微信个性留言“滴水之恩，泉涌相报”意。

③　润之伟像：世尧大兄的微信背景图像为毛泽东同志1962年在庐山坐藤椅满脸微笑手夹烟卷照片的淡描油画处理，更富艺术性。

④　新路美篇椽笔评：指世尧大兄为宁新路著的长篇小说《财政局长》作的题为《阳光透视下的真诚——宁新路由散文到长篇小说的华丽转身》序言。

次银婚纪念之日心关两会[1]

春风又绿柳尖尖，
摇摆青纱撩翠帘。
金水滋滋天影动，[2]
银云卷卷地波翻。
新知盛会群贤至，
旧雨宗民国是研。[3]
红本月坛连理日，[4]
不觉忆起九三年。

【题解】 该律句创作于2017年3月6日。每年一次的中华人民共和国全国人民代表大会和中国人民政治协商会议，是全国人民期盼和关注的重大政治社会活动。作者因工作之需，更为关注。心关“两会”，亦即心关“国是”也。

① 次银婚：指结婚24周年。结婚25周年称为银婚，“次”一年即为24年，故如此说。

② 金水：指河水在朝阳的照射下，发出耀眼的金色光亮，形成金水。

③ 旧雨：典故名，典出《全唐文》卷三百六十《杜甫二·秋述》：“常时车马之客，旧，雨来；今，雨不来。”意思是过去宾客遇雨也来，而今遇雨却不来了。后以“旧雨”作为老友的代称。

旧雨新知原意是指人情多变，容易反复。现多用来比喻很多的朋友，旧雨指旧朋友，新知指新朋友。

宗民国是：宗民，是中国共产党全心全意为人民服务宗旨的简写；国是，指国家的重大政策。并不是一般的国事，而是专指国家大事、国策、规划等重大事务，并严格限用于“两会”代表在中央所在地商议之国家大事。

④ 红本：借指结婚证。

月坛：指北京月坛公园。当时北京西城区婚姻登记处在此办公。

读福生《坐看云起时》感记[①]

赴湘来往遇机迟，
细赏佳书云起时。
理性分析才气涌，
高情评论韵流驰。
八章冰解千年问，[②]
一笔诠释百载思。
英烈感心知往事，[③]
盈眶热泪续滴之。

【题解】该律句创作于2017年3月31日。阅读好友文集，多有感心知处。千年之问，死生为何？人心安详是归宿；百载深思，父亲遗产，故乡槐树传家风。

① 福生：指苗福生，1964年出生，祖籍河南济源。1984年毕业于山东大学中文系。1984至1992年在中央财经大学任教。1992年调入中国财经报社工作至今。先后担任政府采购编辑部、新闻中心、专刊部、总编室、通联新闻部主任。2008年担任中国财经报社副总编辑，2013年担任总编辑。

《坐看云起时》：是苗福生的一部随笔集，内容涉及其对生活的观察与思考、对人生和世界的感悟、对历史与现实的品味。百篇分成“品味生活、教育焦虑、如烟往事、心灵对话、以官为本、观者自语、第三只眼、历史无语”等八章，多为千字短文，文笔清新自然，充满智慧和哲理。

③ 千年问：指福生先生在跋中所说的“人总想弄明白自己是怎么回事，生命是怎么回事……世界是怎么回事，社会是怎么回事……”，其在书中均有不同程度的思考和回答，正如著名作家石英先生序言赞扬肯定为“生命奥秘的智性探索”。

③ 英烈：指福生先生的父亲为革命烈士，其父出生于河南济源，1944年参加革命，1949年参加长江支队随军南下，曾在上海华东公安干校和福建省干部文化学校学习，先后在霞浦公安局、福安行署公安局、蒲城县委、福建省供销社等单位任职。福生先生不到2岁时，父亲逝于福州。

《李文清公日记》拜读后敬记[①]

日课修身卅载恒，
时习克己点心诚。[②]
爱乡敬社传儒旨，
扶主育人弘理风。
文正上关国运势，
情真下切庶民声。
终生格物行知致，
气欠忽觉逝豫翁。[③]

【题解】该律句创作于2017年6月13日。作者在诗中高度概括评价了晚清理学家李棠阶的一生，其正心修身、齐家治国、爱乡育人、弘理传儒的高尚人格和持恒精神，值得钦敬，习为榜样。

① 《李文清公日记》：是岳麓书社2010年10月出版的书籍，作者是清代李棠阶，校点者为穆易。

② 点心：即正心，端正心性，使自己的知、情、意与外界融合，是儒士的一种修养方法。《大学》中提出的格物、致知、诚意、正心、修身、齐家、治国、平天下八条目，成为南宋以后理学家基本纲领的一部分。

③ 气欠忽觉逝豫翁：豫翁，即河南的老者，此处即指李棠阶；气欠忽觉，是忽觉气欠的倒装。《李文清公日记》载，李棠阶在同

治四年（1865）十月二十九日日记中的最后一句话为：“抄御批二条，忽觉气欠。未正散直。”数日后即溘然长逝。

周假小结

两人世界驾车行，
百度精航千里程。[①]
公寓渔家均住宿，
海鲜自备共餐茗。
兴城凭吊边疆事，[②]
广鹿怀拥和软风。[③]
观点分歧常辩论，
归来工作量能增。

【题解】该律句创作于2017年8月6日。作者与夫人二人自驾车赴大连休假，一切均自力亲为，轻松随意，清静自在，别样感受，心神多获。可以看出：平凡生活的情致乐趣，唯有心人方能体会；琴瑟和鸣的快意旅程，也正是修身养性、用心经营的幸福果实。

① 百度精航：指百度手机地图导航系统。是国内最大的生活地图，集附近搜索、路线规划、语音导航为一体，支持离线地图下载，跨平台多终端覆盖，为人们生活出行带来了极大方便。

② 兴城：隶属于辽宁省葫芦岛市，人口54.3万，是中国优秀旅游城市、辽宁省历史文化名城。

③ 广鹿：指广鹿岛，隶属大连市长海县，位于黄海北部长山群岛的西部，是国家级海岛森林公园、辽宁省风景名胜区。

读季羡林《命运沉思录》后敬记[①]

耳濡目染亲经历，
百载时空缘命奇。
心静神泊多定力，
思凝骨奋少浮皮。[②]
儒家肝胆中华魄，
仁者情怀欧亚题。[③]
自古谦和人更敬，
宏文述道大师级。

【题解】 该律句创作于2017年8月9日。作者二十世纪九十年代初曾读过季羡林的散文集和《牛棚杂忆》，今日静读《命运沉思录》，发自内心深处感佩钦敬这位当代的大师。心静神泊的定力，没有肝胆与情怀的人，是很难做到的。

① 季羡林：字希逋，又字齐奘（1911—2009年），山东省聊城市临清人。国际著名东方学大师、语言学家、文学家、国学家、佛学家、史学家、教育家和社会活动家。历任中国科学院哲学社会科学部委员、聊城大学名誉校长、北京大学副校长、中国社会科学院南亚研究所所长，是北京大学的终身教授。

《命运沉思录》：是由中国财政经济出版社策划编辑出版的《季羡林沉思录》丛书的第一册。

② 浮皮：作为食物，是指猪皮经过砂爆或者油炸以后，做成的食品。此处是浮皮潦草之意，即做事不扎实、不仔细、不认真。

③ 欧亚题：指季老学贯中西、情跨欧亚、题记世界、心系人类的大情怀、大仁心。

读李书磊早期作品谨记[①]

近日，连续读了李书磊的《杂览主义》《我观世音》《说什么激进》《为什么旅行》《重读古典》等早期作品。

品评激进记行游，
杂览观音经典剖。
高产持恒书奋笔，
神童传正磊成鎏。
黄河魂魄文筋畅，
赤子情怀理脉遒。
生死中西通左右，[②]
修齐信我治平酬。[③]

【题解】该律句创作于2017年8月10日。于海龙同志送作者一套李书磊同志早期作品影印本，爱不释手，几日内即通览绝大部分，为其持恒奋笔、赤子情怀而赞佩，也为其敝乡描绘、京郊学游生共鸣。书读而心得，走心即行进。

① 李书磊：1964年1月出生，河南原阳人，1978年考入北京大学，1984年从北大中文系中国现代文学专业研究生毕业后参加工作，文学批评家，教授。现任中央纪委副书记、国家监察委员会

副主任。

② 生死句：是对李书磊文中反映出的看透生死的运命思考，以及其学贯中西的理论水平、悟通左右的践行能力的一种赞佩。

③ 修齐句：指修身齐家治国平天下，是我国古代士大夫的人生理想，也是儒家思想的核心要义。这里加入"信我"，乃是李书磊文中反映出的相信我中华传统文化优势的见解。

丁酉处暑

夜半刷刷风雨骤，
晨行奔北水南流。
伞前云霁蓝光放，
身后波混墨色收。
切莫糊涂迷向位，[①]
而应清醒定心轴。
鹰飞高爽搏秋虎，
尊律听天淡喜忧。[②]

【题解】该律句创作于2017年8月23日。我国老俗话说：人往高处走，水往低处流。北京西北高、东南低，河流基本是自西北流向东南。作者从右安门出发沿护城河向西北行进，奔赴复兴门外木樨地附近的工作单位，雨中边走边思，认识到方向的关键性和内心安定平静的重要性，遂得“切莫糊涂迷向位，而应清醒定心轴”联。

① 向位：指方向和位置。近些年来，有人在进行“向位场”研究，即研究物体运动方向与方位变化的一般规律，研究事物发展方向与方位历史变化的一般规律等。

② 尊律听天：即尊重科学规律、顺从自然安排，有“尽人事、听天命”之意。

凉 秋

新街空寂走新城，
中顶福宜西铁营。[①]
秋雨绵绵晨意瑟，
冷风阵阵晓寒凝。
乌云九片遮阳韵，
黄叶一枚坠地声。
堪效东坡晴雨状，
心吟伞举且前行。[②]

【题解】该律句创作于2017年8月27日。新街空寂，秋风萧瑟。东坡先生春风春雨中虽感微冷而徐行，然作者却在秋风秋雨中同感寒凝而快步；东坡去雨具，不觉而吟啸，作者擎雨伞，无酒而心咏。也许，千年之隔，晴雨同状，心意相通，烟雨平生而有不平之气乎？

① 中顶福宜西铁营：均为北京丰台区右安门外西铁营村小区新扩建的街道名称，即中顶庙街、福宜街和西铁营东、中、西街。
② 堪效东坡晴雨状，心吟伞举且前行：此联化用苏轼词《定风波》意蕴。其词序及内容为："三月七日，沙湖道中遇雨。雨具先去，同行皆狼狈，余独不觉。已而遂晴，故作此：莫听穿林打叶声，何妨吟啸且徐行。竹杖芒鞋轻胜马，谁怕？一蓑烟雨任平生。料峭春风吹酒醒，微冷，山头斜照却相迎。回首向来萧瑟处，归去，也无风雨也无晴。"

露　秋

人生秋意渐称雄，[①]
天命之年不懈松。
简朴拙维平上进，
极高明而道中庸。[②]
跋山峰半韶华逝，
涉水中流逆力冲。
勿忘初心源健动，
轻敲高举振钟洪。[③]

【题解】 该律句创作于2017年9月7日。霜露落下，秋意渐浓。青年昂扬而莽撞，敢闯敢试一味冲；中年天命当朴拙，轻敲高举振钟洪。作者渐悟中庸之道，返璞归真，不偏不倚，在中正平和的心态下勉力前行；不懈勿怠，举重若轻，比起青年时期的激扬力冲，更添沉稳、韧劲和健力。

① 人生秋意渐称雄：如果把人生看作一年中的四季，天命之年的作者当可认为是处于人生的秋天。

② 极高明而道中庸：出自子思《中庸》："君子尊德性而道问学，致广大而尽精微，极高明而道中庸。温故而知新，敦厚以崇礼。"

③ 轻敲高举振钟洪：字面意为高高举起槌锤，轻轻地敲下，以让钟发出悠长洪亮的声音。借指做事谨慎而不莽撞、使力恰当而不透支之意。

思 秋

天高云淡步轻松，
凉意侵肤枫未红。
四季经行知有律，
毕生奋斗任无穷。
晴空雨后鸽鸣哨，
彩果霜前灯挂笼。①
忽念季鹰鲈脍美，②
心飞故郡洛阳东。③

【题解】 该律句创作于2017年9月12日。莼鲈味美，乡情难忘，父母年老方多病，游子秋风起相思。人过中年，心如秋水，在慢慢地沉淀，奔向澄静。

① 彩果霜前灯挂笼：经过霜打的果实逐渐变红变紫，像灯笼一样挂在枝头。亦可指公园、路边五彩的路灯挂在树丛、枝头之间。
② 季鹰鲈脍：是成语莼羹鲈脍的化用，表意为味道鲜美的莼菜羹、鲈鱼脍，比喻为思乡的心情，亦有赞美不追逐名利之意。典出《晋书·张翰传》："翰因见秋风起，乃思吴中菰菜、莼羹、鲈鱼脍，曰：'人生贵适志，何能羁宦数千里，以邀名爵乎?'遂命驾而归。"其有《思吴江歌》："秋风起兮木叶飞，吴江水兮鲈正肥。三千里兮家未归，恨难禁兮仰天悲。"张翰，字季鹰，吴郡吴

县（今江苏苏州市）人，西晋文学家。有清才，善属文，性格放纵不拘，号为“江东步兵”。齐王司马冏执政，辟为大司马东曹掾。见祸乱方兴，以莼鲈之思为由，辞官而归。

③ 故郡洛阳东：指作者的家乡河南焦作。焦作古称河内郡，毗邻于洛阳东北。

缅怀心中之神

农历今日（十月初六），乃祖母一百零二岁诞辰。宝鸡表姑昨晚发来一张与奶奶的合影照片，发到家人群中后，亲人们或诗或文、或忆事或喟叹，以至深之情怀念心中之神。今晨9点我离开办公室乘机转乘昆明，19:30落地丽江。途中一方面忆想每次奶奶生日聚会的笑容和留给子孙们的大爱精神，一方面思考准备此次陪同赵惠令纪检组长调研督导检查永胜、平江两个定点扶贫县的攻坚任务，记如下句：

心中神韵笑容甜，
梦里神情爱意牵。
百载双春华诞日，
廿年四夏瑞祥天。①
往昔尽孝归河内，②
此刻报国奔岭滇。
定点扶贫投战斗，
征途赋就缅思篇。

【题解】该律句作于2017年11月23日。每个人的心目中，都有自己敬仰和钦佩的人，作者心目中最敬仰爱戴的就是祖母。祖母去世四年了，全家人仍然牢记老人的笑容和爱意。一位普通的农村老太太，却是儿孙们的心中之神。老人的美德，朴实中蕴含着伟大，这不仅是中华传统美德的代表，也是组成元素的一分子，更进一步证明了中华慈孝文化的浑厚悠远。同时，作者追求“忠孝两全”的情怀，在这里也露端倪。

① 廿年四夏：廿年，即20年，这里是借指作者从祖母79岁始到97岁间，每年十月初六与家人一起为祖母过生日之事。四夏，即四个夏天，这里是借指祖母2013年去世到2017年的四年间，每到祖母诞辰，全家仍然心记这个祥瑞的日子。

② 河内：指今河南焦作市。

观看电影《芳华》

文工团队舞姿翩，
绿色军装往事掀。
战火纷纷情捍卫，
改革绕绕念缠牵。[①]
无常自古存贞气，
运命从来靠志坚。
萧瑟寒风一抹泪，
芳华虽逝有心颜。

【题解】 该律句作于2017年12月10日。作者观看了冯小刚执导、严歌苓编剧的电影《芳华》。前四句用“文工团”“军装”“战火”“改革”几组词，凝练出电影《芳华》的核心内容；后四句又用“无常”“运命”“萧瑟”“芳华”把内容加工融汇成四个抒情对象，并对应阐述自己的观点。其中尾句的“芳华虽逝有心颜”更意味深长，引人深思。告诉读者：逝去的是外表，不老的是一颗青春永驻的心。

① 绕绕：音 rào rào ，原意弯曲缠绕的样子和纠缠的样子，借指改革之路弯曲、纠缠，并非一帆风顺的意思。此处未用“扰扰”，含有不强调干扰之意。

观詹小灵《寻找大巴山里的阿牛》视频记[①]

二十八载光阴逝，
友谊真纯应诺时。
不改初心酬教育，
常磨瘦骨授知识。
阿牛犟劲情仁厚，[②]
由鸟精灵豪义痴。[③]
赣水巴山连海北，
江财四夏塑雄姿。

【题解】 该律句创作于2017年12月20日。同学情谊，真纯恒久。青春美好的回忆，历久弥新；毕业分别时的承诺，定将履践。作者大学同班同学詹小灵、由东举，毕业28年后一起奔赴重庆达县大巴山里，去看望下岗返乡从事小学教育的向映述同学。从大山里走出来的阿牛向映述，直面生活，不忘初心，卖祖屋建学校，授知识育山娃，精神堪佩，令人感动。

① 詹小灵：绰号“詹鸟”，江西吉安人，1989年毕业于江西财经大学贸易经济系，现任河北北戴河农业银行行长。

《寻找大巴山里的阿牛》：是詹小灵寻找阿牛时的微信视频记录片断。

② 阿牛：指向映述，重庆达县人，1989年毕业于江西财经大学

贸易经济系，现为山区民办小学校长。

③ 由：指由东举，山东莱阳人，1989年毕业于江西财经大学贸易经济系，企业家，现居青岛。

苏芝英《叩拜大地》读后[①]

一任才情诉笔端，
春秋凝练记经年。
生恩父母思盈泪，
厚谊友朋诚满篇。
内蒙清河直正育，
山西沃土曲文潜。[②]
芝英财苑开新地，
浩气氤氲艺志坚。

【题解】 该律句作于2018年2月1日。作者与苏先生未见过面，只是在《财政文学》上读过其文章，并相互赠送书籍而已。但品读其自传体散文集《叩拜大地》，深深为亲人故乡的挚情、正直忠诚的品格、隽永优雅的文笔、不屈奋进的精神而感动、而触心、而钦佩，遂以大兄相称而赞咏。

① 苏芝英：男，1953年7月生，内蒙古自治区清水河县盆地青村人，毕业于内蒙古师范大学政教系。中国作家协会会员、内蒙古自治区作家协会副秘书长。曾任自治区财政厅办公室副主任、《内蒙古财会》杂志社社长、自治区债务管理中心主任等职。主要著作有：《彩色的乡情》《扬一扬手吧，母亲》《苏芝英乡情散文》《苏芝英散文》等。

② 山西沃土曲文潜：因文集中苏先生介绍自己的祖籍是山西省五台县，故以此句赞扬苏先生血脉里潜藏着、蕴含着、流淌着厚重丰富的山西文化基因。

银婚纪念

银婚纪念无餐水，
挚暖盈情特早归。
对鹤凌空风雨舞，
双龙探海浪涛飞。
孔方不为拥资产，①
才智唯求聚果堆。②
滋润包容丰理解，
德金善累庆荣辉。

【题解】 该律句作于2018年3月6日。作者与爱人龙女士的登记日为1993年3月6日。依欧洲风俗，称结婚25周年为银婚，故此借银婚二字，以极简方式与文字纪念双方“理解之心”也。

① 孔方：即孔方兄的简写。我国古代的铜钱是一种辅币，一千个为一贯。在铸造时为了方便细加工，常将铜钱穿在一根棒上，为了在加工铜钱时铜钱不乱转，所以将铜钱当中开成方孔。后来人们就称钱为“孔方兄”，有时候寓指拜金主义。钱为何称“兄”？钱字由“金、戈、戈”组成，“戈”“哥”音同，于是称“兄”。

② 果堆：工作成果、事业成果、人生成果之堆。

海棠花赞

粉红蓓蕾嫩滴鲜，
楼后宫前街道边。
西府棠川春睡起，①
木瓜琼海舞姿翩。②
不觉三里河常遇，
方晓玉渊潭偶牵。
时代新风圆大梦，
梨花一树警心间。③

【题解】该律句作于2018年4月11日。陶然亭公园举办第四届海棠春花文化节，作者在宣传展板栏中了解到《群芳谱》记载海棠有四种，即贴梗海棠、垂丝海棠、西府海棠、木瓜海棠，习称“海棠四品”，乃更加关注被赞为“百花之尊”的历史名花，结合三里河路路边常见、玉渊潭海棠园牵挂花开，遂有此警心醒心之作。

① 西府棠川：指西府海棠等众多海棠种类。其中棠川典故源于宋朝，史载宋徽宗曾在京城开封建成皇家园林，名叫“艮岳”，在园中栽培的全是海棠，所以当时的胜景被称作“海棠川”。

春睡起：借用“海棠春睡”典故。宋·释惠洪《冷斋夜话》记载：唐明皇登香亭，召太真妃，于时卯醉未醒，命高力士使侍儿扶掖而至。妃子醉颜残妆，鬓乱钗横，不能再拜。明皇笑曰：

“岂妃子醉，直海棠睡未足耳！”这样“海棠春睡”故事就流传下来，从此海棠也有了美女佳人之意。

② 木瓜琼海：指海棠类植物。源出《诗经·卫风·木瓜》“投我以木瓜，报之以琼琚。匪报也，永以为好也！投我以木桃，报之以琼瑶。匪报也，永以为好也！投我以木李，报之以琼玖。匪报也，永以为好也！”诗中的“木瓜”“木桃”“木李”全都是属于海棠类的植物，它们在古时候常常被作为送给亲朋好友的礼品。

③ 梨花一树警心间：借用北宋文学家苏轼“一树梨花压海棠”，调侃好友张先八十岁迎娶十八岁小妾诗句，用来警醒包括作者自己在内的新时代共产党员干部倡导新风、严以律己、淡泊私利、筑梦复兴。苏轼绝句为：“十八新娘八十郎，苍苍白发对红妆。鸳鸯被里成双夜，一树梨花压海棠。”

正道篇

五言绝句

万步流春

每天一万步，
康健种千福。
脚下流春意，
胸中起伟图。[①]

【题解】该绝句创作于2016年2月11日。财政部机关工会组织广大干部职工开展每天一万步的“万步健走”活动，有1600多人报名参加，声势浩大，颇受欢迎。作者平均每天走两万步左右。大家比赶交流，健康了身体，愉悦了心情，为做好革命工作打下了“本钱”基础。

① 伟图：此处是指中华民族伟大复兴的宏伟蓝图。

庆祝建党九十六周年

九六征程路，
千秋大业殊。
龙心人类顾，[①]
命运体宏图。[②]

【题解】 该绝句创作于2017年6月28日。1921年7月，中国共产党第一次全国代表大会在上海举行，大会通过了党的第一个纲领，明确党的名称是“中国共产党”。为庆祝党成立96周年，敬吟此咏。

① 龙心人类顾：是“龙心顾人类”的倒装。可以理解为中国人民顾及、支持、推动人类发展的意思。

② 命运体：是“人类命运共同体”的简称。构建人类命运共同体是习近平新时代中国特色社会主义思想的重要内容。人类命运共同体指在追求本国利益时兼顾他国合理关切，在谋求本国发展中促进各国共同发展。这一全球价值观包含相互依存的国际权力观、共同利益观、可持续发展观和全球治理观。该理念提出于2015年9月，国家主席习近平在纽约联合国总部出席第70届联合国大会一般性辩论并发表了题为《携手构建合作共赢新伙伴　同心打造人类命运共同体》的重要讲话，讲话中强调“我们要继承和弘扬联合国宪章的宗旨和原则，构建以合作共赢为核心的新型国际关系，打造人类命运共同体”。

五言律诗

欢迎“两会”代表莅京用韦应物《简卢陟》韵①

我有一壶酒，
慰乏以洗尘。
红泥炉火旺，
翠羽花木欣。②
发展开怀议，
创新高论陈。③
欲观寰宇景，
带路陟昆仑。④

【题解】 该律句创作于2016年3月7日。二三月间，微信网友们续写“我有一壶酒，足以慰风尘”两句诗，热闹非凡，十分火爆，写的都相当有意境，令人叫绝，有网友感慨“国人诗性未死”。这也引起了作者雅兴，尤其当作者查到唐代韦应物《简卢陟》原作，标题中的“陟”字更为亲切，因作者家乡为武陟县，遂以“陟”入句，关切“两会”，赞美“一带一路”而作。

① 韦应物：唐代诗人（737—792年），长安（今陕西西安）人。因出任过苏州刺史，世称“韦苏州”。《简卢陟》：“可怜白雪曲，未遇知音人。恓惶戎旅下，蹉跎淮海滨。涧树含朝雨，山鸟哢馀春。我有一瓢酒，可以慰风尘。”

② 翠羽：本意为翠绿色的羽毛，这里指春天的鸟儿。

③ 创新高论陈：即陈事论述与“创新、协调、绿色、开放、共享”等五大发展理念相关的国家大事，建言献策。

④ 带路：即“一带一路”。

心关奥运赞中国女排精神

心关巴奥运，[①]
理智喜和悲。
小项多突破，
大球又转回。[②]
国人圆大梦，
华夏奋精神。
协作强息苦，[③]
金榔王者奔。[④]

【题解】该律句创作于2016年8月21日。女排精神是中国女排的历史遗产，是20世纪80年代中国女排夺得五连冠之后的经验总结。女排精神曾经鼓舞激励1985年考上大学的作者一代青年，女排就是拼搏的化身。30年后，实现中华民族复兴大梦，更需要新的拼搏精神，当顽强拼搏、永不言弃、坚持不懈、自强不息。

① 巴奥运：指2016年8月5日至21日在巴西的里约热内卢举行的第31届夏季奥林匹克运动会。

② 大球又转回：篮球、足球、排球三大球世界奖牌是中国人的追求，中国女排里约比赛，冲出死亡之组，逆袭命运，绝地反击，12年后再次夺得金牌桂冠，完美诠释拼搏精神，令人振奋赞叹。

③ 协作强息苦：是女排精神基本内涵的概括，即无私奉献精神、

团结协作精神、艰苦创业精神、自强不息精神。

④　金榔：指中国女排教练郎平。郎平是20世纪80年代世界女子排球界“三大主攻手”之一，她扣球经常是一锤定音，又根据她的姓，所以有“铁榔头”之称。此次女排夺冠，人们普遍致敬教练，赞曰“铁榔头铸成金榔头，有一种魅力和尊敬，叫郎平……”。

悼念维西县财政局局长和先念同志[①]

盛会鼓人心，[②]
征程思想新。
攻坚情迫战，
破困势吞云。
血洒扶贫路，
神传财政人。
丰碑先念树，
决胜奋千军。

【题解】该律句创作于2017年10月27日。26日晚上，作者半夜醒来，在财政文学群中看到昵称为“观棋不语”的文友发了个链接“就在前天，我们心中永远的好人——和先念就这样走了！”并十分沉痛地说好战友、好同事倒在了扶贫一线。看过内容，不禁泪下，认为事迹十分感人，应当成为财政系统扶贫干部的楷模，便酝酿此句，不能入睡。晨起步行上班途中，成句并推送群中。

① 维西县：即维西傈僳族自治县，它是云南省迪庆藏族自治州的下辖县之一。早自东汉、唐以来，这里就是中国大西南的组成部分，滇西北疆防要塞之地，是通往印、缅、康藏的驿运孔道之一，又是古代滇西北“茶马互市”的汇集点。

和先念：纳西族，1972年7月出生，中共党员。曾历任云南省维西县叶枝镇财政所总预算会计、所长，叶枝镇副镇长、镇长，塔城镇党委书记，县农牧和科学技术局局长，县财政局局长。2017年10月24日在扶贫路上为保护同事、不幸因公殉职，年仅45岁。

② 盛会：指中国共产党第十九次全国代表大会，于2017年10月18日至10月24日在北京召开。

三赴永胜扶贫调研感记

碧绿金沙水，
巍峨横断山。
悬空多傈僳，①
独困少金钱。
百日三回调，
千思九刻眠。②
组织资本注，
养种甩贫先。③

【题解】 该律句创作于2018年1月11日。作者2017年10月31日，第一次赴云南永胜县进行脱贫攻坚调研，到第三次即此次调研间隔71天。通过密集调研，较好地掌握了永胜县脱贫攻坚工作中存在的主要问题和已经取得的初步成果，为制定有针对性的帮扶措施打下了坚实基础。

① 悬空多傈僳：指众多生活在高山上傈僳族人民。因为有的居住在半山腰，木楞子房犹如悬在半空，故说悬空。

② 九刻眠：每天只有九刻钟即135分钟左右的睡眠时间，指休息时间少的意思。

③ 养种：是养殖业和种植业的简写。全句是指发展养殖业和种植业，是产业扶贫优先选择的根本和有效措施。

鲁地拉镇格克村调研越山脊天路[①]

欢欣格克人，
天路过车轮。[②]
椒树青红果，
驴羊肥壮群。
经营新念启，
坐等旧观屯。
尚有迷离眼，
晶莹亮明春。

【题解】 该律句创作于2018年7月21日。作者陪同部领导第四次赴贫困县永胜调研，专程深入号称为最贫困镇最贫困村的格克村，察看了正在施工建设的村集体活动室，看望了刚刚通上电的两户村民，与村委会和驻村干部进行座谈，研究指导了3+2基层党组织对接脱贫攻坚相关针对性措施。

① 格克：指格克村，云南省永胜县鲁地拉镇下辖村，由奶罗、你罗、腊麻低等6个村民小组组成，村民均为傈僳族，距镇政府所在地68公里，交通不方便。全村现有人口333户1096人，其中建档立卡贫困户274户995人，贫困发生率为90.7%，2018年初仍有未脱贫264户955人。为永胜县脱贫攻坚中的难中之难。

② 天路：指丽江全市闻名的“格克天路”。位于格克村你罗小组

上方，由北向南沿山尖而建的一条真正意义上的公路。因东西面临百丈悬崖，狭窄处路面只有两米多宽，仅能满足一辆车缓慢通行，原来土路凹凸不平，造成视线盲区，遇到驾驶员驾驶技术不娴熟、胆量不足，则只能望而却步。即便有敢于尝试者，在通行的时候仍需要有人指引。2015至2018年，上级部门坚定不移地分阶段逐步改善格克、东坪、东红三个村的交通条件，2018年初完成了镇政府驻地至格克村委会64公里通村道路全部实现硬化，宽敞、平坦的道路贯通了镇政府至全镇最偏远的村委会，“格克天路”成为了人民群众的“放心路、致富路”。

七言绝句

心中“四有”

1月12日，习近平总书记在人民大会堂主持召开座谈会，同中央党校第一期县委书记研修班200名学员进行座谈并发表了重要讲话。强调指出，做焦裕禄式县委书记要做到“四有”，即心中有党、心中有民、心中有责、心中有戒。“四有”是放之全体党员干部而皆准的，反复学习，深有感悟。今晨步行上班途中，咏而记之。①

有党忠诚信念坚，
有民贤孝爱心连。
有责尚武担当干，
有戒修文不负天。

【题解】该绝句创作于2015年1月22日。焦裕禄精神集中体现为“亲民爱民、艰苦奋斗、科学求实、迎难而上、无私奉献”。对焦裕禄，习近平同志一直十分崇敬，视为人生榜样，并给予焦裕禄精神高度评价：“无论过去、现在还是将来，都永远是亿万人们心中一座永不磨灭的丰碑，永远是鼓舞我们艰苦奋斗、执政为民的强大思想动力，永远是激励我们求真务实、开拓进取的宝贵精神财富，永远不会过时。”

① 焦裕禄：（1922—1964年），今山东淄博博山区人，原河南兰考县委书记，干部楷模，中国共产党革命烈士。2009年，在中央宣传部、中央组织部等11个部门联合组织的评选活动中，焦裕禄被评为“100位新中国成立以来感动中国人物”。

洪　流

重温党史朝圣地，①
洗礼心灵真理求。
红色精神滋治党，
源头活水汇洪流。

【题解】该绝句创作于2015年10月20日。作者于10月12日至21日到中国延安干部学院参加中组部组织的第9期加强党性修养班培训班，虽然短短十天，但通过现场教学的直观感受、专题讲座与课堂讲授的深刻阐释、分组讨论的多样交流、激情教学和音像教学的丰富活跃、自我大量阅读领袖原著的领会深思以及学院教学与后勤等各方面的充分保障，既深受教育收获多多，更深深地被红色圣地上曾经在艰难困苦中为拯救中华民族的一代共产党人而钦佩、而赞叹、而折服！乃赋此绝句，记录和小结自己的收获与感受。

① 圣地：指中国革命圣地延安。1935年10月，中共中央和中央红军胜利到达吴起镇，延安成为中国革命的落脚点和出发点，是全国革命根据地城市中旧址保存规模最大、数量最多、布局最为完整的城市。党中央和毛主席等老一辈革命家在这里生活战斗了十三个春秋，领导了抗日战争和解放战争，培育了延安精神，是全国爱国主义、革命传统和延安精神三大教育基地。

顾諟端午[1]

卷地雷鸣晨雨急，
端阳醒世翠珠驰。[2]
炎黄崛起人人任，
国念家忧顾諟祇。

【题解】该绝句作于2017年5月29日（农历五月初四）。端午前夕的清晨，电闪雷鸣，骤雨突降，青翠如珠的雨点砸在人们的头上，使人不禁跨越两千年的时空，想起屈原行吟泽畔时的喟叹：“举世皆浊我独清，众人皆醉我独醒。”这敦促新一代炎黄子孙自觉地扛起“中华崛起复兴”之责，安不忘危，舍己为国，与爱国诗人屈原一样，共鸣一颗不朽的中国之心。

① 顾諟：音gù shì，敬奉、禀顺天命的意思。《书·太甲上》：“先王顾諟天之明命，以承上下神祇。”孔传：“顾谓常目在之，諟，是也。言敬奉天命，承顺天地。”孔颖达疏：“《说文》云：顾，还视也。諟与是，古今之字异，故变文为是也。言先王每有所行，必还回视是天之明命。”

② 翠珠驰：指青翠如珠的雨点，下得又大又快又急。

九九秋金

宫楼角顶金光亮，①
北海波平银鸟翔。
白果红墙秋意闹，②
复兴梦暖热情扬。

【题解】 该绝句作于2017年10月28日（农历九月九日）。金秋重阳，银鸟飞翔，宫楼北海，银杏红墙，秋天的浪漫与风光，让作者油然而吟“复兴梦暖热情扬”。这是环境使然、情感使然、大爱使然、强国梦巨舰扬帆远行使然。

① 宫楼：本意宫殿楼宇，这里指北京故宫紫禁城西北角楼。唐·张籍《寒食内宴》诗之一：“朝光瑞气满宫楼，彩纛[dào]鱼龙四面稠。”

② 白果红墙：白果，即银杏果，这里指银杏树；红墙，这里指中南海及故宫的红色外墙。

七言律诗

财政部保持共产党员先进性具体要求[1]

理想高宏信念坚，
为民宗旨大于天。[2]
理财观念公为上，
勤笃多知绩占先。
依法遵章存正气，
作风严谨葆清廉。
创新发展腾飞日，
舒卷红旗惠世间。

【题解】该律句作于2005年2月23日。根据党的十六大和十六届四中全会精神，为进一步加强党的执政能力建设，全面推进党的建设新的伟大工程，确保党始终走在时代前列，更好地肩负起历史使命，2004年11月，中共中央发布《关于在全党开展以实践“三个代表”重要思想为主要内容的保持共产党员先进性教育活动的意见》，决定从2005年1月开始，用一年半左右的时间，在全党开展保持共产党员先进性教育活动。作者第一时间参加活动，并结合个人思想实际，用诗句来咏赞财政部保持共产党员先进性具体要求，高度概括，体现财政特色，于己乃激励完善，于人可参照借鉴。尤其作者在尾联提出了共产党人更高的世界理念，即在中国经济创新发展腾飞的那天，胜利的成果将会惠及普天之下、全世界的人民。

① 先进性：先进的意思是位于前列、可为表率。保持共产党的先进性建设，是中国共产党的根本性建设。先进性是马克思主义政党的本质属性，更是其生命所系、力量所在。无论是党的整体，还是党的成员，在自身素质、思想觉悟、政治行为等方面，都应该具有先进性，始终走在时代的前列，始终走在人民前列，充分发挥其先导、先锋、模范和榜样的作用。

② 为民宗旨：即中国共产党全心全意为人民服务的根本宗旨。

神舟六号载人飞船升空[1]

神六腾飞翔九天，
炎黄儿女尽欢颜。
太空行走穿舱过，[2]
天地沟通谈笑间。[3]
壮我国威寰宇贺，
聚我民心奋向前。
科技兴国方起步，
无须自大需扬鞭。

【题解】 该律句作于2005年10月12日。面对神舟六号顺利升入太空，作者满怀欣喜地记录了这个伟大瞬间：那里有华夏儿女的喜悦，有穿舱而过的太空行走，有天地之间的谈笑沟通。欣喜之余，作者又理性地提出善意忠告："科技兴国方起步，无须自大需扬鞭"，提醒人们：戒骄戒躁、加油实干！

① 神舟六号：中国神舟号飞船系列中第二艘搭载航天员的飞船，是中国第一艘执行"多人飞天"任务的载人飞船，也是世界上人类的第243次太空飞行。

② 太空行走：又称为出舱活动。狭义的太空行走即指航天员离开载人航天器乘员舱，只身进入太空的出舱活动。广义而言，航天员在月球和行星等其他天体上完成各种任务的过程也可以称为

太空行走。太空行走是载人航天的一项关键技术，是载人航天工程在轨道上安装大型设备、进行科学实验、施放卫星、检查和维修航天器的重要手段。

③　天地沟通：指航天员在太空中与地面人员的直接对话。

赞红旗渠精神敬赠杨贵书记[①]

心装百姓存根本，
自力更生敢舍身。
艰苦从来能创业，
团结自古可割金。
杨公一代组织壮，
吾党千秋宗旨真。
万里红渠滋沃野，
政声常续绕梁亲。

【题解】该律句作于2015年9月19日。作者带领财政部青年小组赴河南开展深入基层调研，到红旗渠干部学院观看了记者采访杨贵的纪录片，考察了干渠上的青年洞，为杨贵书记带领当时一代林县人民的自力更生干劲而折服，更为党的基层组织的强大组织优势和党员干部的担当实干精神而钦佩。团结就是力量，团结就可以产生割断最硬金属的力量，甚至力量比铁、比钢还要强。

① 红旗渠精神：历来被概括为“自力更生、艰苦创业、团结协作、无私奉献”，是在修建红旗渠的过程中形成的。红旗渠是20世纪60年代，林县（今河南林州市）人民在极其艰难的条件下，从太行山腰修建的引漳入林工程，被称为“人工天河”。工程历时近十年，共削平了1250座山头，架设151座渡槽，开凿211个隧

洞，总干渠全长70.6公里，干渠支渠分布全市乡镇。

杨贵：曾用名杨绍青、杨苏甡（1928—2018年），河南省卫辉市罗圈村人。红旗渠总设计师、原河南林县县委书记。生前享受中央国家机关部长级待遇。周恩来总理曾自豪地告诉国际友人："新中国有两大奇迹，一个是南京长江大桥，一个是林县红旗渠。"人们评价杨贵说："古有都江堰，今有红旗渠；古有李冰，今有杨贵。"

延安精神①

宝塔巍巍是盏灯，
民族抗战路途明。
总结求是哲观正，
思想统一实整风。
依靠军民全服务，
亲如鱼水系真情。
恁凭艰苦浑无畏，
奋斗创新永传承。

【题解】该律句作于2015年10月15日。作者在中国延安干部学院，参加中组部组织的第9期加强党性修养班培训班上作。

① 延安精神：是延安时期（1935—1948年）中国共产党及其领导的根据地党员干部和广大军民在革命实践中所展现出来的一种积极向上的精神风貌、优良作风和革命情怀。主要包括政治坚定、方向正确的抗大精神，解放思想、实事求是的整风精神，依靠群众、服务人民的联系群众精神，自力更生、艰苦奋斗的大生产精神。

维和烈士申亮亮魂安温县故里[①]

马里维和热血郎，[②]
三军骄子勇担当。
太极尚武无私印，[③]
易象崇文友谊彰。[④]
血洒非洲烽火地，
魂归焦作宴宁乡。[⑤]
中华崛起肇风范，
天下精神和万邦。[⑥]

【题解】该律句作于2016年6月13日。作为烈士的故乡人，作者深情地追忆申亮亮的生平身世：维和时的热血青年，勇担当的三军骄子，无私心的太极印迹，重友谊的国际精神。就是这样的青年，血洒非洲，魂归故乡，鼓舞国人的是加速中华民族崛起复兴的步伐，也饱含着中华文明"天下精神和万邦"的美好普世宏愿。

① 申亮亮：中国第四批驻马里共和国维和工兵分队战士，中国人民解放军上士军衔，中国共产党党员，1987年出生，2016年牺牲，河南焦作温县人。2016年6月1日，中国驻马里共和国维和部队遭遇恐怖袭击，申亮亮不幸牺牲，年仅29岁。骨灰安葬在温县烈士陵园。

② 马里：即马里共和国（République du Mali），是西非的一个

内陆国家，国土面积为西非第二大。是世界最不发达国家之一，工业基本空白。2012年3月，马里发生军人骚乱，起因是不满抚恤政策，总统政权被终结。

马里维和：2013年7月底，我国首批赴马里维和部队组建并部署至加奥市，隶属联合国马里特派团东部战区，主要担负任务区内道路桥梁、机场跑道和营房设施抢修，战区司令部营区安全保卫，伤病员救治后送及卫生防疫等任务。2017年2月，中国赴马里维和部队官兵全部被授予和平荣誉勋章。赴马里维和，是我国自1990年首次向联合国维和行动派出维和人员以来，参与的第30项联合国维和行动。我国累计派出维和军事人员人数是五个常任理事国中派遣人数最多的国家，主要以医疗、工兵等为主。

③ 太极：指中国古代哲学，是阐明宇宙从无极而太极，以至万物化生的过程。亦借指太极拳。

④ 易象：是源自早期人类，看到事物或景象，在记忆中开始回忆和理解及其对现场同类的理解和再分析判断。据《简易道德经》所述："易，上则日象，下则物象，有日万物显现，则易之象也。"这说明了"易"字在中国传统人类文化中的地位。只有易象人们才能打开视角，只有易象人们才能观察。

⑤ 宴宁：即安定的意思。宴，以酒饭款待宾客；宁，平安。

⑥ 天下精神：指中国人的精神信仰，是一种大局观，跳出小我而顾大我，跳出小国而顾大国，跳出人间而顾世界，亦可以理解为是利他利众利民精神、国际主义精神、人类命运共同体精神。天下，字面之意为"普天之下"，基本义是指中国，亦可指全世界。

聆听史耀斌副部长党课记[①]

夏雨清凉空气新，
聆听党课用心真。
高瞻远瞩涵邃慧，[②]
全面精读博雅深。
启示大国财政策，
统筹内外道方针。
切身体会阐观念，
授法弘思倍感亲。

【题解】该律句作于2016年6月30日。一场夏雨带给人间清新空气、凉爽感觉；一堂党课吸引作者认真聆听、用心思考。感悟习近平总书记系列讲话的内涵深邃、高瞻远瞩，聆听讲课人的切身体会、阐述到位。党课的主题为：认真学习习近平总书记系列讲话　积极推进大国财政建设。

① 史耀斌：1958年6月出生，内蒙古自治区通辽市人，经济学博士。曾历任财政部税政司司长，湖南省湘潭市委副书记、市长，湖南省财政厅党组书记、厅长，财政部副部长、党组成员，现任全国人大常委会预算工作委员会主任，央行货币政策委员会委员。

② 高瞻远瞩涵邃慧：指习近平总书记系列重要讲话精神内涵深邃，高瞻远瞩，统筹内外，博大精深。

爱国情怀

屈子洞庭迎杜甫，①
家亡国破唯哭诉。
心忧天下颂仲淹，②
还我河山歌武穆。③
梅韵天祥正气身，④
汗青可法忠魂骨。⑤
抗倭抵寇尽戚林，⑥
激荡情怀文脉主。

【题解】该律句作于2016年7月3日。作者通过例举屈原、杜甫、范仲淹、岳飞、文天祥、戚继光、史可法、林则徐等一些可歌可泣的历史人物，他们或冤屈被杀、或身死敌前；或沉郁哭诉、或放逐难安；或刀光剑影、或汗漫衣衫，但他们都有一个正气忠魂、都有一个爱我河山、都有一个丹心汗青、都有一个文韵相连。爱国，胸怀天下，中华民族精神使然；情怀，汩汩如水，优秀文化之脉亘贯古今绵延。

① 屈子：即屈原（约前340—前278年），名平、字原，又自云名正则、字灵均，今湖北宜昌人。战国时期楚国诗人、政治家。秦将白起攻破楚国郢都后，屈原自沉于汨罗江，以身殉国。是中国历史上第一位伟大的爱国主义诗人，“楚辞”的创立者和代

表作者。

杜甫：(712—770年)，字子美，自号少陵野老，今河南省巩义市人。唐代伟大的现实主义诗人，与李白合称“李杜”，被后人称为“诗圣”，他的诗被称为“诗史”。

② 仲淹：即范仲淹（989—1052年），字希文，苏州吴县人。北宋杰出的思想家、政治家、文学家。他倡导的“先天下之忧而忧，后天下之乐而乐”思想和仁人志士节操，对后世影响深远。

③ 武穆：即岳飞（1103—1142年），字鹏举，今河南汤阴县人。南宋抗金名将，位列中兴四将之首。中国历史上著名军事家、战略家、书法家、诗人，中华民族英雄。被秦桧等奸臣昏君以“莫须有”罪名杀害。

④ 天祥：即文天祥（1236—1283年），初名云孙，字宋瑞，今江西省吉安市人，宋末政治家、文学家，爱国诗人，抗元名臣。1278年末，在五坡岭（今广东海丰北）抗元被俘。后被解至元大都（今北京），元世祖忽必烈亲自劝降，许以中书宰相之职。文天祥大义凛然，宁死不屈。1283年1月9日于大都就义。著有《文山诗集》《指南录》《指南后录》《正气歌》等。

⑤ 可法：即史可法（1601—1645年），字宪之，号道邻，今开封市双龙巷人。明末抗清名将，中华民族英雄。1645年清军攻破扬州城，史可法拒降遇害。其后人收其著作，编为《史忠正公集》。

⑥ 戚林：指戚继光、林则徐。戚继光（1528—1588年），字元敬，号南塘，晚号孟诸，山东蓬莱人。明朝抗倭名将，杰出的军事家、书法家、诗人，中华民族英雄。林则徐（1785—1850年），字元抚，又字少穆、石麟，福建侯官县人。清朝政治家、思想家和诗人，中华民族英雄。

研学“七一”讲话心得[1]

不忘初心拥五本，
为民本质固根深。
本源汗血丹流远，[2]
发展和平本务真。
奋斗向前彰本色，[3]
严实清正葆青春。
求索赶考中方案，
先进本身威九军。[4]

【题解】 该律句创作于2016年7月12日。习近平总书记在庆祝中国共产党成立95周年大会上的讲话，强调不忘初心、继续前进，意义重大，影响深远。作者聆听了讲话，并认真学习研究讲话全文，将心得体会概括为“五本”，即“本质”“本源”“本务”“本色”与“本身”，并融于诗句中，12日在给基层党组织讲党课时逐一阐述。

① “七一”讲话：2016年7月1日，庆祝中国共产党成立95周年大会在北京人民大会堂隆重举行。中共中央总书记、国家主席、中央军委主席习近平在大会上发表重要讲话。

② 丹流：指红色的河流，借指中国共产党人红色基因的传承不衰、引领未来。共产党人革命精神的红色基因内涵是信仰，目光远大，追求高远；是忠诚，爱党爱国，矢志不渝；是追求，勇于

拼搏，自强不息；是忘我，无私奉献，无怨无悔。

③ 本色：指物品没有经过染色的原来的颜色。我国古代以青、黄、赤、白、黑等五色为正色，也称为本色。

④ 九军：我国古时候认为天子六军，诸侯三军，统称为九军。此处借指全世界的军事力量。

参观丹东河口村毛岸英小学敬记[1]

廿八生命熠光辉，
国际精神自永垂。
一件大衣慈意递，[2]
三封家信义德培。[3]
断桥迹锈藏烽火，
鸭绿江清涤炮灰。
托体山阿肝胆在，
岸英学校九韶飞。[4]

【题解】 该律句作于2016年9月26日。斯人已去，精神永存，毛岸英把宝贵的28岁生命奉献于抗美援朝战场上，这是共产党人国际主义精神、保家卫国精神的不朽记忆。作者通过“一件大衣”“三封家书”传递出孩子具有的道德精神源于父亲的谆谆教诲；通过“断桥迹锈”“江清炮灰”提醒人们不要忘记当年的浴血奋战。

① 毛岸英小学：即毛岸英学校，坐落在辽宁省宽甸满族自治县长甸镇河口村，是由宽甸县教育局直属的公办学校，对岸就是朝鲜。毛岸英就是从这里跨过鸭绿江，在这里留下了自己在祖国的最后足迹。学校于2003年9月26日竣工，“学英雄精神，走英雄道路，创英雄伟业，做英雄传人”是学校的灵魂。

② 一件大衣：毛岸英结婚时毛主席送给他的结婚礼物。故事为：

1949年毛岸英与刘思齐结婚时，毛泽东在家里摆了两桌饭，都是湖南特色的家常便饭，一起吃饭的是中央几个常委，吃完饭就直接开起了常委会。到了晚上，主席从自己房间拿出一件自己穿过的黑色大衣，说道："这件大衣就送给岸英当结婚礼物。"说完，看到儿媳站在旁边，没有礼物可送，他便想了想说："晚上，你们两个盖，思齐也有份了嘛。"

③ 三封家信：指毛泽东写给儿子毛岸英、毛岸青的三封信。比如，1941年毛泽东写给在苏联生活读书的毛岸英、毛岸青的信中说道："总之注意科学，只有科学是真学问，将来用处无穷。"表达了一代伟人对自己孩子的教育和期待。

④ 九韶：舜时乐曲名，亦作"九招"。《周礼·春官·大司乐》："九德之歌，《九韶》之舞。"《庄子·至乐》："奏《九韶》以为乐，具太牢以为膳。" 成玄英疏："《九韶》，舜乐名也。"《史记·五帝本纪》："四海之内咸戴帝舜之功，于是禹乃兴《九招》之乐。"

悼念空军英雄鲁朋飞[①]

舍身一转成仁义，
灵魂青春伴战机。
空海雄强悲将陨，
中州博爱哭朋飞。[②]
朴实父母生骄子，
忠勇鹘鹰卫域基。[③]
国梦行圆慷赴难，
军人血性染戎衣。

【题解】 该律句作于2016年10月17日。作者悼念英雄鲁朋飞，也是在弘扬一种博爱精神，这博爱是舍身成仁后的血性，是鹘鹰式的忠勇，是慷慨下的赴难，也是鲜血染红的戎衣。赞美军人、歌颂军人、致敬军人和学习军人，军人的血性，是本诗歌颂的主题。

① 鲁朋飞：空军飞行员，革命烈士，1993年出生，2015年牺牲，河南省焦作市博爱县磨头镇际西村人。2011年9月招飞入伍，成为中国人民解放军海军航空兵学院某训练基地飞行学员。2015年5月，在一次飞行训练中，飞机在空中突发重大险情，为保护人民群众生命财产安全，鲁朋飞壮烈牺牲，年仅22岁。骨灰安葬在博爱县烈士陵园。

② 博爱：此处有两重含义，一是词的原意，即为广泛地爱所有

人、爱一切人，赞扬鲁朋飞是一位具有博爱精神的热血男儿。二是指河南省焦作市博爱县，即鲁鹏飞的出生和安葬地。

③ 鹘鹰：又名海东青，鹘音hú，东北亚矛隼（sǔn）的一种。是一种猎鹰，分布在北极以及北美洲、亚洲的广大地区，其东北亚种原产于中国黑龙江、吉林等地。满族先祖称其“雄库鲁”，意为世界上飞得最高、最快的鸟，有“万鹰之神”的含义，也是满族的图腾，代表勇敢坚忍、开拓进取、永不放弃的精神。康熙皇帝赞美曰：“羽虫三百有六十，神俊最数海东青。性秉金灵含火德，异材上映瑶光星。”

红安革命纪念地咏记[①]

英雄铁血洒红安，
起义铜锣响震天。
鄂豫皖合七里市，
大别山散四方前。
共和国建根基固，
革命功成信念坚。
董李领衔诚勇毅，
胜休意志誉人间。[②]

【题解】 该律句作于2016年11月8日。作者带队财政部机关党校第65期学员到红安干部学院培训，感受纪念地英雄的热血、起义的锣声，学习革命者坚定的信念、不胜不休的斗志，收获巨大。

① 红安革命纪念地：即红安革命传统教育基地，包括黄麻起义和鄂豫皖苏区革命历史纪念馆、烈士纪念馆，烈士陵园，董必武纪念馆，李先念故居，七里坪长胜街等革命遗址、纪念地。

② 董李领衔诚勇毅，胜休意志誉人间：董李是指新中国老一辈无产阶级革命家董必武和李先念。红安精神主要概括为“万众一心，为党为民，朴诚勇毅，不胜不休”，其中“朴诚勇毅”是1920年董必武同志创立武汉中学的校训：“朴”，就是朴素实在，艰苦奋斗，求真务实；“诚”，就是忠诚诚信，忠心耿耿，顾全大局；

“勇”，就是敢于斗争，勇于创新，勇于献身；“毅”，就是坚毅顽强，坚韧执着，自强不息。“不胜不休”是中国工农红军第四方面军的训词，就是为夺取革命的胜利，为实现共产主义的远大目标，矢志不渝，一往无前，不达目的，誓不罢休。

红安调研脱贫攻坚战记

一声令下总攻坚，
责任分明序后先。①
五个一批军状立，②
四级齐力钻尖旋。③
知识理念仍为大，
项目资金还靠前。
全面建成康社景，
驰马亦需着猛鞭。

【题解】 该律句作于2016年11月9日。财政部机关党校第65期学员培训调研的主题为红安县扶贫工作情况，刚巧是2015年11月习近平同志在中央扶贫开发工作会议上发表重要讲话一周年，作者再次学习习总书记重要讲话精神，领会脱贫攻坚战中全党全国要咬定目标苦干实干的总要求，在与红安县干部座谈时，讲解吟诵了此律句。

① 责任分明序后先：指习近平同志讲话中强调指出的要求，比如：要设定时间表，实现有序退出，要层层签订脱贫攻坚责任书、立下军令状，等等。

② 五个一批：即发展生产脱贫一批、易地搬迁脱贫一批、生态补偿脱贫一批、发展教育脱贫一批、社会保障兜底一批。

③　四级：指的是脱贫攻坚中抓落实责任的工作机制，即实行中央统筹、省（自治区、直辖市）负总责、市（地）衔接督查、县级党委政府承担主体责任（县委书记和县长是第一责任人）。

拜李先念故居见凝眉照片感而记[1]

紧锁双眉忧百姓，
光辉业绩显英明。
三山战斗铭军史，[2]
两北理财著政声。[3]
拨乱周勃行令改，[4]
中和弘历稳国兴。[5]
爱心智勇皆唯大，
拥党为核无不赢。

【题解】该律句作于2016年11月9日。李先念是深得全党、全军和全国各族人民爱戴的老一辈无产阶级革命家，德高望重，功勋卓著。1954年至1976年，李先念曾任职和兼任共和国财政部部长22年。作者从李先念一张紧锁眉头忧国忧民的照片起兴，高度赞扬和评价了其光辉伟大的一生。

① 李先念故居：即李先念故居纪念园，位于湖北省红安县。由李先念故居、李先念故居纪念馆、李先念图书馆等主体建筑和牌坊式门楼、综合服务房等附属设施组成。

② 三山战斗：是作者对李先念组建和指挥军队战斗经历的粗略概括。一是祁连山，概括1936年至1937年，作为西路军军政委员会委员，组建西路军，并负责军事指挥的系列战斗、艰难经历和

建树的功绩；二是白兆山，概括1940年前后抗日战争中，作为司令员整编为新四军豫鄂挺进纵队，进军白兆山并主持军政干部大会，以及任新四军第五师师长兼政治委员时指挥的系列战斗；三是大别山，概括1947年前后解放战争中，任新的中原局第二副书记、晋冀鲁豫野战军副司令员，同刘邓大军胜利会师，参加重建大别山根据地的斗争。

③　两北：指湖北、北京。

④　周勃：（？—前169年），西汉开国元勋，两次拜为丞相，祖籍卷县（今河南原阳人）。在反秦战事、楚汉相争、削平叛乱、削平诸吕等方面为汉朝立下骄人战绩。刘邦死前预言“安刘氏天下者必勃也”。果不其然，刘邦死后，吕后专权，吕后死后，周勃与陈平等合谋智夺吕禄军权，一举谋灭吕氏诸王，拥立汉文帝。

⑤　弘历：即清高宗爱新觉罗·弘历（1711—1799年），清朝第六位皇帝，年号“乾隆”。文治武功，中和十全，在位期间进一步完成多民族国家的统一，开创中国历史上的“康乾盛世”，是一位长寿、执政时间最长、赫赫有名的皇帝。

拜谒董必武故居用董老《九十初度》韵[1]

遵从马列胜赢得，
初度九十仍砍柯。[2]
两党权衡忠共产，
一心终始效民和。
朴诚勇毅为家训，
简钜胜休书史歌。[3]
望重德高文法领，
将军两百用威核。[4]

【题解】该律句作于2016年11月10日。作者高度概括董必武同志的一生，赞颂董老朴诚勇毅、德高望重的品行，引领人们向董老学习，学习老一辈无产阶级革命家、学习共产党人忠于革命、忠于人民、忠于党的赤子之心。

① 董必武：原名董贤琮（1886—1975年），又名董用威，字洁畲，号壁伍，今湖北红安人。中国共产党的创始人之一，伟大的马克思主义者，杰出的无产阶级革命家，党和国家的卓越领导人，中国社会主义法制的奠基者。董必武纪念馆位于黄麻起义和鄂豫皖苏区革命烈士陵园。

《九十初度》：是董必武同志在1975年3月5日写下的生前最后一首诗作，即“九十光阴瞬息过，吾生多难感蹉跎。五朝敝政皆亲历，一代新规要渐磨。彻底革心兼革面，随人治岭与治河。遵从马列无不胜，深信前途会伐柯。”

② 砍柯：即伐柯，譬喻为可以遵从的样板。柯，是斧柄。董老曾自注：《诗经》“伐柯伐柯，其则不远”。

③ 简钜：是“作始也简 将毕也钜”的简写，源出于《庄子·人间世》：“其作始也简，其将毕也必钜。”为1956年董必武同志重访上海兴业路党的一大会址纪念馆时的题词，1981年庆祝建党六十周年纪念馆整修，董老的题词悬挂在出口处。

胜休：是“不胜不休”的简写。

④ 将军两百用威核：意指诞生董必武、李先念两位国家主席和陈锡联、韩先楚、秦基伟等223位将军的红安县的一代共产党人，董必武同志是出色的代表、是核心，也是启蒙人、带头人。

慧泉

讲座从精十五词，[①]
六中题解研习彻。
核心领导势情关，
党内监督国脉略。
思路组织框架高，
执行到位朝前阔。
慧泉汩汩训培滋，
治党归心严动魄。

【题解】该律句作于2017年2月15日。2月14日至24日，财政部司处级干部学习贯彻党的十八届六中全会精神轮训班分两期在北京国家会计学院举行，共有1200余人参加。作者作为培训班组织者，既做好事务性工作，又认真听讲、学习讨论。此句为听取中央党校马克思主义学院思想政治教研室主任、博士生导师宋福范教授辅导讲座后作。

①十五词：即宋福范教授从党的十八届六中全会公报中梳理出的十五个关键词，即全面从严治党、集中统一领导、党内政治生活、党内监督、理想信念、纪律严明、根本宗旨、党内民主、任人唯贤、组织生活、批评与自我批评、拒腐防变等。这些关键词可以分为三个层次：第一个层次是主题，第二个层次是宏观思路，第三个层次是具体部署。

惊蛰两会开

碧桃满满枝粘蓓，
杨串茸茸花萼黑。
无序岂能知暗震，
有责自可守明规。
冰轮天体和谐动，[①]
红日东风律韵吹。[②]
国运复兴青鸟探，[③]
鸡年两会鼓春雷。

【题解】该律句作于2017年3月5日。早春二月，花蕾初育，两会召开，百姓期盼。春夏秋冬自然有序，即可预知风雨变化，不怕雷震暗流；忠于职责严以规矩，方能在政治社会环境中洁身自好，务实前行。该诗句感性中透着理性，引人思考；稳健中不乏激情，催人奋进。

① 冰轮天体：冰轮，即月亮；天体，又称星体，指太空中的物体，更广泛解释就是宇宙中存在的所有物质个体。

② 红日东风：此处借指中国共产党的领袖和比喻当代世界社会发展趋势中中华民族革命的、进步的推动力量或恢宏气势。

③ 青鸟：是一种常见小型鸟类，类似麻雀大小，青蓝色。神话传说中为西王母取食传信的神鸟，代称信使。青鸟又象征幸福和对梦想与希望的追求。

丁酉国庆中秋双节赴湘列车上咏记

万果盈盈千树金，
车轮滚滚众归心。
喜迎国庆期明会，①
圆满中秋望至亲。
结对佳节文史远，
盛双大业世融深。
散沙贫困初心记，②
自信和合好梦真。

【题解】该律句作于2017年10月1日。国庆中秋双节期间，作者通过在赴湖南探亲列车上的感念，表达出对国家今日太平盛世的称赞，对过去贫困受辱时期的铭记。今昔对比，勉励人们不忘初心、砥砺前行，号召人们自信齐心、梦想成真。

① 期明会：期待党的十九大的胜利召开。

② 散沙贫困：指旧中国一盘散沙、贫穷落后的旧面貌。1840年鸦片战争以后，由于西方列强的入侵，由于封建统治的腐败，中国逐渐成为半殖民地半封建社会，山河破碎，生灵涂炭，中华民族遭受了前所未有的苦难。

聆听新宏音学习新思想喜迎新时代感咏[①]

红旗招展金秋灿，
雷震宏音传宇寰。
思想欣新明道路，[②]
征程断段亮前瞻。[③]
条条方略民心主，[④]
件件实功文化兼。
人类一家商享建，[⑤]
神州筑梦共扬帆。

【题解】该律句作于2017年10月19日。是作者18日通过电视聆听习近平同志作十九大报告后的次日，字里行间可以感受到人们聆听报告后热情洋溢的精神面貌，这面貌一方面缘于十九大报告提出的“新时代、新思想、新使命和新征程”思想任务鼓舞人心，另一方面缘于广大党政工作人员的思想行动自觉和贯彻执行力，号召人们在奔向中国梦的征途上，齐心协力、扬帆远航。

① 新宏音：指习近平同志作十九大报告时的宏亮声音。对应报告中提出的四个新概念，即新时代、新思想、新使命和新征程，故在宏音前加“新”字。

② 欣新：此处是旺盛新颖、蓬勃鲜活之意。

③ 断段：此处是断开、分段的意思。十九大报告中强调：综合

分析国际国内形势和我国发展条件，从2020年到本世纪中叶可以分两个阶段来安排。第一个阶段，从2020年到2035年，在全面建成小康社会的基础上，再奋斗十五年，基本实现社会主义现代化。第二个阶段，从2035年到本世纪中叶，在基本实现现代化的基础上，再奋斗十五年，把我国建成富强民主文明和谐美丽的社会主义现代化强国。

④ 条条方略：指十九大报告中提出的坚持党对一切工作的领导等十四条新时代坚持和发展中国特色社会主义的基本方略。

⑤ 人类一家商享建：指十九大报告中强调“坚持推动构建人类命运共同体”的和平发展思想和“秉持共商共建共享”的全球治理观点。

永胜脱贫攻坚战对接调研[1]

扶贫永胜攻坚战，
夜赶晨行紧调研。
江曲山高房草旧，
坝狭墓阔路直弯。
六德深入腰村访，[2]
程海穿驰凤羽参。[3]
财政支持需重准，
综合施策笑开颜。

【题解】该律句作于2017年10月31日。为打赢脱贫攻坚战，作为财政部定点扶贫工作领导小组办公室的工作人员，作者带队第一站到云南永胜县调研对接，一路马不停蹄，深入细致调研，深化了财政落实帮扶责任要“重准”（即精准聚焦建档立卡贫困户），又要“综合施策”的认识。句中表达出了积极认真的工作态度和迎难而上的攻坚精神。

① 永胜：即永胜县，是云南省丽江市下辖县之一，位于云南省西北部，地处长江上游，丽江市中部，县城永北镇。为财政部定点帮扶的国家级贫困县。

② 六德：即六德傈僳族彝族乡，位于永胜县东南部，辖河腰等8个村委员会。

③ 程海：即程海镇，濒临程海湖，位于永胜县城南部，辖凤羽、莨峨12个村委会。

平江座谈定点扶贫[①]

天岳山前霞彩红，
汨罗江畔雾丝荣。
浅聊晨步三街半，
深入座谈四点钟。
机制联结精准策，[②]
措施细化务实功。
千金一诺扛责任，[③]
决战攻坚果敢冲。

【题解】该律句作于2017年11月2日。是作者投入到平江扶贫工作中的片段记录，从清晨散步的浅聊到夜半的座谈，可谓披星戴月；从机制联结到措施细化，可谓精准务实。是什么让作者如此精力充沛地加油干？是一诺千金的责任，是攻坚决战中的果敢冲锋。

① 平江：指平江县，位于湖南省东北部，隶属于岳阳市，为省直辖县，是财政部定点帮扶的国家级贫困县。

② 机制联结：指与县委政府对接财政部定点扶贫工作方案中确定的七大工作机制，即扶贫工作领导小组工作机制、部内单位之间的横向协作机制、财政系统四级联动机制、双向调研交流机制、基层党组织对接机制、信息报告机制、工作考核机制等。

③ 千金一诺：指习近平同志在十九大报告中强调的“让贫困人口和贫困地区同全国一道进入全面小康社会是我们党的庄严承诺”。

陪同赵惠令纪检组长调研检查永胜县脱贫攻坚工作[1]

永胜攻坚二次深，
松坪乡府午茶斟。
青椒致富小丫口，[2]
黄雾粘穷窝子村。[3]
踏土农家责懒汉，
观摩工厂赞能人。
座谈精划驱贫策，
组长高屋唤信心。

【题解】该律句作于2017年11月25日。作者陪同部领导深入云南永胜调研检查脱贫攻坚工作，脚踩泥土，进村入厂，深入座谈切磋，共谋驱贫对策，特别是惠令组长心贴群众、关注疾苦、和蔼亲切、务实帮扶，敏锐的政治视野，开阔了地方同志的心胸；科学的调研方法，精准地发现了存在问题；高屋建瓴的座谈讲话，鼓舞了与会同志做好脱贫工作的信心；提出“财政部将加大支持力度，愿与永胜县手拉手、心连心，为实现永胜县的脱贫攻坚目标，让人民群众过上美好生活而共同努力！”真挚号召，让永胜干部群众倍感振奋。

① 赵惠令：1956年12月生，山东牟平人，山东大学历史系毕业。曾历任中央纪委副秘书长兼机关事务管理局局长，国务院纠

正部门和行业不正之风办公室副主任、中央纪委纠正部门和行业不正之风办公室主任，中央纪委驻国家安全生产监督管理总局纪检组组长、总局党组成员，现任中央纪委驻财政部纪检组组长、党组成员，中国共产党第十九届中央纪律检查委员会委员。

② 小丫口、窝子村：指小丫口村和猪窝子村，为松坪傈僳族乡松坪村委会管辖的两个自然村，属于山区。

③ 黄雾：指的是黄色尘土。因一段较长的公路正在升级改造，路面尚未硬化，车队开过，一路尘雾飞扬。这也证明了公路交通改造配套资金不足是地方政府压力比较大的一个难题。

研读《摆脱贫困》

从部图书馆借习近平同志36岁左右时的著作《摆脱贫困》，月内第二次赴云南永胜、湖南平江两个定点帮扶贫困县调研督导检查脱贫攻坚战工作，一路品读，爱不释手。书中可以读出年轻时期总书记的思想格局、大爱情怀、知识视野、工作方法、定心静力、做事精神和文风作风，让刚刚从事贫困帮扶工作的我茅塞顿开，眼前心中豁然开朗。认为凡从事脱贫工作的干部群众均应学习，以不忘初心，以精准推进，以助国梦成真。27日凌晨五点记于平江汨罗江畔驻地。

一斑知豹品雄文，①
博大情怀思想深。
方法船桥均指准，②
目标经济总盈心。③
钉钉入木锤锤力，④
滴水穿石久久神。⑤
贫困摆脱基础固，
何愁大梦不成真。

【题解】该律句作于2017年11月27日。当理论与实践相结合，便会产生事半功倍的效果。研读习近平同志青年时期的文章，可见观点一贯，初心清澄。学习思想方法，用以武装头脑，并运用到解决具体问题的实践中，必然取得新成功。学以致用的学习态度和知行合一的践履精神，作者在诗序中也给予了说明。

① 一斑知豹：即“窥一斑而知全豹”，比喻可以从观察的部分推测到全貌。这个典故出自南朝宋刘义庆《世说语新·方正》：“此郎亦管中窥豹，时见一斑。”

② 方法船桥均指准：指毛泽东、习近平两位领袖提出的工作方法都指导得十分精准。“桥”，指该书中文章《为官一场　造福一方》中讲的“领导者的责任，主要是解决‘桥’与‘路’的问题。‘桥’，即搭桥，为群众发展商品生产疏通渠道，架设桥梁”。“船”指毛泽东文章《关心群众生活，注意工作方法》中讲的“我们不但要提出任务，而且要解决完成任务的方法问题。我们的任务是过河，但是没有桥或没有船就不能过。不解决桥或船的问题，过河就是一句空话。不解决方法问题，任务也只是瞎说一顿”。

③ 目标经济总盈心：指该书《序》中写到“这些文章反映出一个最大的特点，就是始终扭住经济建设这个中心不放”。亦即该书中涉及经济建设目标文章的内容思想，如《提倡“经济大合唱”》《对闽东经济发展的思考》《正确处理闽东经济发展的六个关系》《新形势下闽东财政经济的辩证观》《闽东的振兴在于“林”》《扶贫要注意增强乡村两级集体经济实力》等等。

④ 钉钉入木锤锤力：是指习近平同志反复强调的钉钉子精神。2013年，习近平在中共十八届二中全会第二次全体会议讲话中强调“地方和部门工作也一样，要真正做到一张好的蓝图一干到底，切实干出成效来。我们要有钉钉子的精神，钉钉子往往不是一锤子就能钉好的，而是要一锤一锤接着敲，直到把钉子钉实钉牢，钉牢一颗再钉下一颗，不断钉下去，必然大有成效”。

⑤ 滴水穿石久久神：指该书中文章《滴水穿石的启示》蕴含的深意，即“是推崇一种前仆后继，甘于为总体成功牺牲的完美人格；推崇一种胸有宏图、扎扎实实、持之以恒、至死不渝的精神”。

不朽精神化杜鹃

一

三下云南先念牵，
树宣筹议五华山。[①]
维西寻迹三江遍，
迪庆凝质两面先。[②]
财苑精英行里手，
藏区骄子雪峰杉。
扶贫路上英魂逝，
不朽精神化杜鹃。

二

不朽精神化杜鹃，
普通孕育不平凡。
担当实干因公算，
思考出招自策鞭。
奉献助人常忘己，
清廉正气总达观。
忠诚于党迎难上，
激励冲锋奋向前。

【题解】该律句作于2017年12月26和27日。作者带队到云南省、州、县调研了解维西县财政局局长和先念同志的先进事迹，用心带情，核推并重，为事迹而感动，为平凡而讴歌，遂有“不朽精神化杜鹃”之句。诗中既表达对逝者的无限缅怀与精神赞扬，又鼓舞激励人们冲锋向前、笃志攻坚。作者以“杜鹃”入题，既潜含了古诗中杜鹃鸟的凄凉、哀伤象征，又明喻了不朽精神像满山鲜红如火的杜鹃花一样旺盛恒久。

① 树宣筹议：筹备商议树立宣传先进典型的初步方案等事宜。

五华山：在云南昆明市区北部，为昆明市区最高峰。现为云南省人民政府驻地，省财政厅、财政部驻云南专员办事处均在此地办公，昆明市五华区也因五华山得名。

② 三江：指金沙江、澜沧江、怒江，维西县有地处世界自然遗产“三江并流”腹地之称。

迪庆：即迪庆藏族自治州，藏语意为“吉祥如意的地方”，位于云南省西北部，是云南省唯一的藏族自治州。

难 寐

寅时不寐念扶贫，[1]
永胜平江枕在心。
入户调研精准聚，
进京汇报典型存。[2]
组织结对开基点，
勠力同德带面新。
国策知行合一务，
康成践诺种千金。[3]

【题解】该律句作于2018年1月5日。因下周将陪同部领导赴永胜县调研，不觉数次大半夜醒来，思考脱贫帮扶的任务、方法、措施和难点等，遂有此咏。

① 寅时：是中国古代十二时辰计时法之一，指北京时间深夜三点到五点。

② 进京汇报：是财政部定点扶贫双向调研交流机制中的邀请贫困县主要领导进京汇报制度，为鼓励两个定点扶贫县党政主要领导的信心、激发进取心，财政部党组领导特邀请他们每年进京交流汇报，强化帮扶责任，对接解决需求，以监督促进两县的主体责任。

③ 康成践诺种千金：康成，指2020年全面建设小康社会的奋斗

目标；践诺，指习近平同志在十九大报告中强调的“让贫困人口和贫困地区同全国一道进入全面小康社会是我们党的庄严承诺”。“种千金”，指贫困人口脱贫之时，就是党和国家为他们种上了富裕千金的种子，今后年年可以收成。

陪同胡静林副部长赴云南调研飞行途中两首[①]

一

四下云南三丽江，
机窗舷外雪茫茫。
山脊白线分支脉，
河谷冰花绽镇庄。
带队静林同早起，
陪行柯凤共长航。[②]
途中酿议扶贫策，
后晌踏泥细访乡。

二

云南大地日光明，
叠嶂重峦雾气腾。
偶有白头山顶雪，
常存碧玉谷间清。
玉龙拉市山河丽，
木府白沙文史灵。[③]
富裕贫穷冰火对，
内生扶智志均衡。[④]

【题解】该律句作于2018年1月9日。作者陪同时任国务院扶贫工作领导小组副组长、财政部党组成员、副部长兼财政部定点扶贫工作领导小组副组长胡静林同志赴云南永胜县调研，因为是早上8点左右飞机，同志们均5点多即从家动身奔赴机场，较为辛苦。飞行途中从舷窗向地面观察，遂有此咏。

① 胡静林：1964年6月生，安徽歙县人，中国人民大学研究生毕业，经济学博士。曾历任国家国有资产管理局副司长，财政部财产评估司副司长、经济建设司司长、办公厅主任（新闻发言人），财政部部长助理、党组成员，副部长、党组成员，现任国家医疗保障局局长。

② 柯凤：江西九江人，江西财经大学毕业，时任财政部农业司（国务院农村综合改革办公室）副司长兼财政部定点扶贫工作领导小组办公室副主任。

③ 玉龙拉市：指玉龙雪山和拉市海，为丽江市的山水风景点。

白沙：即白沙古镇，是世界文化遗产“丽江古城”的组成部分之一，位于丽江古城北约十里处，北临玉龙雪山。是木氏家族的发源地，纳西族的古都，历史上丽江政治、经济、商贸和文化中心。早在唐朝，南诏王封玉龙雪山为“北岳”的时候，木氏祖先（丽江王）就开始在这里修建了白沙街和北岳庙，一直到明代初1383年木氏家族迁到大研镇。

④ 内生：即激发贫困人员内生动力的简称。

赴永胜县鲁地拉镇党组织结对扶贫调研志记

山高路险半空行，
脚踩崎岖扶壁屏。
新旧阿峨存影照，①
极贫格克志输赢。②
云龙强伟凝心血，③
晓敏冯忠使策精。④
结对组织增自信，
金沙江水送穷灵。

【题解】 该律句作于2018年1月11日。此次调研的主要任务是确定财政部五个基层党组织与永胜县五个贫困村党支部的对接，并看望慰问贫困党员和群众，原计划赴格克村，但县里安排到了东红村。通过对最偏僻贫困村的实地考察，可见县委政府采取的脱贫措施已经初见效果，虽任务仍重，但增强了帮扶永胜县打赢打好脱贫攻坚战的信心。11日晚调研组研究决定由经济建设司党总支对接格克村党支部。

① 阿峨：是东红村管辖的一个自然村。新阿峨为整体搬迁到邻近公路的新村，当时正在建设之中。

② 格克：即格克村，地处鲁地拉镇东北边，距乡政府所在地66公里，到乡道路为土路，交通不方便，距县城186公里。是全县

最为贫困的行政村，当时尚没有像样的村委办公基础设施。

③　云龙强伟：云龙，指永胜县委副书记和云龙同志；强伟，指鲁地拉镇委书记朱强伟同志。

④　晓敏冯忠：晓敏，指永胜县委书记杨晓敏同志；冯忠，是永胜县县长。

党组织对接暨扶持贫困村集体经济发展座谈会

三加二型齐谋策，[①]
集体同登发展梯。
财政融金归困户，
植殖产品富村基。[②]
丰收倍溢圆民愿，
股本长流满企期。[③]
合作三方盈利稳，[④]
攻坚战胜树红旗。

【题解】该律句作于2018年1月12日。作者在永胜县调研，座谈会上作了总结发言，重点阐述了财政部定点扶贫领导小组办公室关于支持发展贫困村集体经济的理念、资金支持设想和3+2党组织对接管理经营模式，体现了组织对接和精准聚焦贫困户的产业扶贫创新实践。该创新模式探索实践材料后被国务院扶贫办公室简报刊登。

① 三加二型：指基层党组织对接的精准扶贫组织形式，即“3+2”模式，“3”即财政部有关司局单位党组织+乡镇党委+村支两委会；“2”即驻村干部+合作社带头人。

② 植殖产品：指种植业、养殖业分别生产出的产品。

③ 股本长流：指将财政部门支持的资金作为贫困户加入合作者的原始资金，合作社作为股本投资于龙头企业，贫困户按照企业

需求做好种植业、养殖业等生产，既享受投资收益，又能靠自己的劳动稳定收入，实现真正脱贫、永远脱贫。

④ 合作三方：指聚焦共同运用好扶持发展贫困村集体经济资金的三方主体，即龙头企业、合作社、贫困户三方。

部领导邀请定点扶贫县委书记汇报座谈侧记

扶贫战略固根基，
引领民登康社梯。
强起中国发展诺，
复兴华夏素质提。
不愁衣饭双托底，
重虑住行三保齐。[①]
户部情真邀郡县，[②]
心关南北又东西。

【题解】 该律句作于2018年1月15日。为落实财政部定点扶贫双向调研交流机制，鼓舞定点扶贫县主要领导坚定脱贫信心，财政部党组书记、部长、财政部定点扶贫工作领导小组组长肖捷同志特邀请平江县委书记汪涛和永胜县委书记杨晓敏带队到财政部座谈交流，共同商议探讨两县打赢打好脱贫攻坚战的措施和对策，效果十分显著。

① 不愁衣饭双托底，重虑住行三保齐：该句是对国家确定“十三五”期间脱贫攻坚“两不愁、三保障”目标的再描述，目标的内容是到2020年稳定实现农村贫困人口不愁吃、不愁穿，农村贫困人口义务教育、基本医疗、住房安全有保障。

② 户部：中国古代官署名，为掌管户籍财经的机关，六部之一，

长官为户部尚书，曾称地官、大司徒、计相、大司农等。其职能大致相当于现代的财政部和民政部。户部起源于先秦《周庄》记载此职为“地官大司徒”；秦为“治粟内使”，两汉称“大农令”和“尚书民曹”，三国至唐称“度支”“左民”“右民”等，唐永徽年初为避讳太宗皇帝世民名讳改“民部”称“户部”。

两会闭幕感咏

国家机构票决生，
宪法安邦旗帜擎。
宣誓就职民感泪，①
用心承诺志成城。②
飞车闪电奔驰进，
巨舰劈波稳速行。
人类大同期指日，
中华文明领和平。

【题解】 该律句作于2018年3月20日。3月15日，中国人民政治协商会议第十三届全国委员会第一次会议在北京闭幕。3月20日上午，中华人民共和国第十三届全国人民代表大会第一次会议，在圆满完成各项议程，产生新一届国家机构组成人员后，在北京闭幕。作者十分关注两会，第一时间学习两会精神，此次尤为特别感动于习近平同志进行的宪法宣誓，遂有此感咏。

① 宣誓就职民感泪：2018年3月17日上午，十三届全国人大一次会议上，新当选的国家主席、中央军委主席习近平进行宪法宣誓。宪法宣誓仪式庄严肃穆，震撼人心。习近平同志带头维护宪法权威、弘扬宪法精神的表率行动，令会场内外的人们由衷感动钦敬，不少人热泪盈眶。

② 用心承诺志成城：中华人民共和国主席习近平在第十三届全国人大一次会议闭幕会上重要讲话中表态强调："担任中华人民共和国主席这一崇高职务，使命光荣，责任重大。我将一如既往，忠实履行宪法赋予的职责，忠于祖国，忠于人民，恪尽职守，竭尽全力，勤勉工作，赤诚奉献，做人民的勤务员，接受人民监督，决不辜负各位代表和全国各族人民的信任和重托！"这句话，发自内心，是用心在向全国人民做出的承诺，必将激发广大干部和人民群众向主席看齐、向表率看齐，坚定不移维护核心、拥护核心，团结一致，众志成城，共同为实现中华民族伟大复兴的中国梦而努力拼搏。（当日，人民网观点认为：在讲话中，习主席做出了这十个庄严承诺。）

保卫蓝天

雾霾五日漫三天，
春趣生机尽黯然。
杨柳惭夸新叶绿，
桃樱愧叹嫩花鲜。
丁香馨气鼻封拒，
童乐欢颜口罩严。
三大攻坚别样重，[①]
无需犹豫卫蓝天。

【题解】 该律句作于2018年4月2日。进入2018年以来，北京的雾霾又有返重势头。虽然春天来临百花盛开，但隔三岔五的浓霾，不仅让草花黯然，更令人压抑难受。污染防治攻坚战，必须坚定地重视起来，坚决地打赢。

① 三大攻坚：指三大攻坚战。即习近平总书记在十九大报告中提出：要坚决打好防范化解重大风险、精准脱贫、污染防治的攻坚战，使全面建成小康社会得到人民认可、经得起历史检验。

槐桐馨凤站高枝

七时开始又三时，[①]
党组议题连续持。
党建三家同汇报，[②]
机关八事共趋驰。[③]
突出政治核心护，
强调作风责任知。
六点要求明表率，[④]
槐桐馨凤站高枝。

【题解】 该律句作于2018年4月26日。4月25日晚，财政部党组听取部机关党委等三家党建工作汇报，党组领导19时开始会议讨论审议议题，到第八个议题党建汇报已接近22点，至23点左右方才结束。部领导的辛苦，可想而知。责任感、紧迫感、拼搏精神、奋斗精神、垂范精神，令参会人员钦敬感动。

① 七时：此处指晚上19时。

② 党建三家：指部机关党委、中国注册会计师协会行业党委、中国注册评估师行业党委三家。

③ 机关八事：指部机关党委汇报材料中突出的八个方面的机关党建工作汇报内容。

④ 六点要求：指党组书记、部长刘昆同志在听取汇报后，对机关党建工作提出的六点重要要求。

赴调兵山调研[1]

调兵山顶气清新，
兀术城中早市纷。
广场人群欢乐舞，
龙沟民众幸福真。[2]
交流党建淳风晓，
望问生活友谊深。
查调研究东北探，
小康发展靠温馨。

【题解】该律句作于2018年5月10日。作者到辽宁省财政系统调研党的建设工作，与省财政厅、驻辽专员办党组织座谈交流外，又深入调兵山市财政局调研，清晨早起穿兀术城而登调兵山顶，感受清新空气，百姓祥和，但也能体察到省内上下对社会养老保险遇到难题的压力，遂有此咏。

① 调兵山：指调兵山市，辽宁省铁岭市下辖县级市，原称铁法市。荣获全国卫生城市、国家畅通工程优秀管理城市、国家园林城市、全国平安建设先进市等荣誉。是一座新兴的煤炭工业城市，全国县域经济百强县。辖区内的兀术城曾被辽宁省旅游局评为“四大辽金古建筑之一”。

② 龙沟：即锁龙沟村，位于调兵山市晓南镇西北部，先后被评

为省级、全国文明村，辽宁省“五个好”村党组织标兵等荣誉称号。村党支部领导有力，通过兴建企业、发展商贸物流、开发沟域等集体经济，资产超亿元，走上了富民强村之路，村民生活富裕，2017 年人均纯收入 17745 元。号称北宋徽、钦二帝曾在此被囚禁，因此称为锁龙沟。

财政部重温入党誓词主题党日活动感记

今日上午8:00，财政部举行“重温入党誓词”主题党日活动。在部党组书记、部长刘昆同志领誓下，部党组成员，各党委、总支、支部负责人及党员代表等500多人，整齐列队，面向党旗，举起右拳，庄严宣誓。

晴天丽日党旗红，
五百精英列队雄。
肃穆庄严拳又举，
诚忠恭正意温融。
工程伟大龙昂首，
国梦复兴道属中。①
钱袋强基重奋进，
金光金字耀寰穹。②

【题解】该律句作于2018年6月28日。为庆祝建党97周年，财政部机关党委组织开展主题党日活动，经部党组批准，在新落成的国旗广场举行“重温入党誓词”主题党日活动，党组领导带头，教育意义深远。作者参与筹划和组织活动，遂有此咏。

① 工程伟大：指党的建设新的伟大工程。习近平新时代中国特色

社会主义思想中强调，四个伟大即伟大斗争、伟大工程、伟大事业、伟大梦想，其中起决定性作用的是：党的建设新的伟大工程。

道属中：此处是指人间正道、世界道义制高点属于中国，属于习近平提出的人类命运共同体新思想。

② 钱袋强基重奋进：钱袋，是钱袋子的简称。（习近平同志曾经强调：对掌握刀把子、枪杆子、印把子、笔杆子、钱袋子的同志，要在对党忠诚上有严格要求。）此句意指财政部门是为党和国家掌管“钱袋子”的部门，所有业务都是党领导下的具体工作，要坚持和加强党对财政工作的领导，重整行装再出发，更加充分发挥财政在国家治理中的基础和重要支柱作用。

研读《知之深　爱之切》

暴雨滞机两半天，
赴滇责任助攻坚。
知深爱切篇篇阅，
析法识招段段研。
舞剑成双抛盾后，①
守归为六立旗前。②
创新敏锐人才举，
标定青年当率先。③

【题解】该律句作于2018年7月17日。作者一行陪同程丽华副部长赴云南开展扶贫工作调研，原定16日中午飞机经昆明赴丽江，因北京大雨滞机至晚上航班取消，只好改17日一大早航班直飞丽江，结果又滞机3个多小时才起飞。漫长等待，打破计划，令人焦急。好在作者出发前从图书馆借带上了河北人民出版社出版的《知之深　爱之切》一书，一路通读，心情豁然。从书中领略了30岁左右时习近平同志的思想信念、责任情怀、领导方法、工作本领和才思文采等，尤其是《在“高、新、实”上下功夫》《政治上要敏锐　工作上要创新》《念好“人才经”　开拓翻番路》《中青年干部要“尊老”》《忆大山》等文章，读来如食甘饴，不忍释卷。作者一到达永胜县，就鼓励挂职青年干部，要读研此书，深领要义，立志拼搏，向榜样看齐。夜半遂有此咏。

① 舞剑成双抛盾后：用书中《让姜世谭们“弃盾舞双剑”》文意。时任正定县委书记的习近平支持改革创新，为农村企业家姜世谭仗义执言、点赞叫好，并批评了那些非议之人。文中指出：“看到姜世谭一只手持剑向前开辟道路，另一只手还要拿盾防卫身后，不禁感慨万分”，“诚然，姜世谭们也有缺点，或许也有不足。但他们为之奋斗的目标是我们全民族利益之所在。为此，当务之急是开一派支持改革者的新风，让姜世谭们除去后顾之忧，弃盾舞双剑，全力开拓出崭新的改革之路”。

② 守归为六立旗前：用书中《县委一班人要遵守六项规定》故事。该文是习近平当时主持起草、审定的文件，以中共正定县委《关于改进领导作风的几项规定》（正发［1983］42号）印发。分析者认为“六项规定”是2012年12月习近平主持召开中共中央政治局会议审议通过的《中央政治局关于改进工作作风、密切联系群众的八项规定》的历史基础。

③ 标定青年当率先：用书中代序《知之深　爱之切》一文末段之意。文中指出：振兴中华最终还要落实到她的每一寸土地。正定振兴的重任已经历史地落在我们正定青年的肩上。清代思想家顾炎武提出了一个千古名句：“天下兴亡，匹夫有责”，我们正定青年又加上一句“振兴正定，青年当先”！

陪同程丽华副部长永胜扶贫调研督导深入最贫困村格克后而记

魔芋花椒产业园，
经营施策响着鞭。
大安水窖东风困，
程海玫瑰格克艰。[①]
弯径盘旋晕震震，
虚功洞漏愤拳拳。
压实精准匀冰火，
激智同心再向前。

【题解】该律句作于2018年7月18日。程丽华同志带领作者一行马不停蹄、赶补时间直奔永胜县大安乡大安村考察魔芋产业园，了解村级集体经济发展情况，夜幕已深方才赶往县城。第二天一早即奔赴最偏远鲁地拉镇，一路颠簸，察看闷龙河村花椒园，走进百家箐小组农户家里询问权权房等脱贫情况，中午在镇政府召开座谈会，丽华同志作了务实精彩的讲话。饭后调研组遂兵分两路，部长组赴怒江州深度贫困区调研，我和岳林赴格克村。格克调研，发现精准措施仍有漏洞，晚上遂有此记。

① 大安水窖东风困：此句是概括财政部定点扶贫针对缺水问题采取的帮扶措施。即经过扶贫资金整合，在金沙江沿线10个乡镇（包括东风乡、大安镇等）推动实施贫困人口节水灌溉项目，帮助每个贫困户建立一口水窖，2018年合计新建2900余口，彻底解决缺水困难，以实现农业、种植业旱涝保收。

程海玫瑰格克艰：此句是概括财政部定点扶贫针对产业发展难问题采取的帮扶措施。在程海镇的崀峨村投入资金帮助建设170亩食用玫瑰标准化示范基地，拟逐步扩大到1000亩，既取得经济收益，又可形成花海促进农业旅游观光。在鲁地拉镇格克村投入资金帮助建设养殖场，扶持村集体经济发展出效益，促进"党支部+企业+合作社+贫困户"模式结硕果。

脱贫攻坚永胜县崀峨村摘帽前赞[①]

崀峨幽丽居神贤，
水绿天蓝山翠环。
形胜银桉传义馆，
俊皙金鼎富玫湾。[②]
旅游种养双优特，
产业转型四柱坚。[③]
党建乡德扶智志，
乡村战略走前沿。

【题解】 该律句作于2018年7月19日。作者到人教司青年干部颜铭任驻村第一书记的贫困村崀峨村调研，察看正在建设的产业扶贫项目玫瑰园、深入两户贫困家庭、与村两委会座谈并看望了挂职干部生活起居。对颜书记带领村两委会制定的《崀峨村2018年—2020年乡村振兴发展整体规划》给以充分肯定，鼓励扶贫工作队倾力推动，不折不扣完成帮扶任务，坚决打赢脱贫攻坚战。遂有此赞。

① 崀峨村：是永胜县94个贫困村之一，属于半山区。全村640户2817人，截至2017年底，建档立卡贫困户60户199人，贫困发生率达7.1%。计划2018年底摘掉贫困村帽子。

② 形胜银桉传义馆：银桉，指村边独一棵高大的桉树，树叶泛着白色，故称为银桉；义馆，指永北府义学馆，是清朝时乡绅们

集资建设的教育学馆，为崀峨村重视文化的历史印记。只有遗址位置，唯此桉树为见证物。

俊皙金鼎富玫湾：作者查看崀峨水库地图影像有金鼎之形，同时站在高处看到食用玫瑰园正处于一水湾两侧。故以金鼎喻崀峨水库，命名水湾为富玫湾，昭示和期望食用玫瑰产业带动村集体经济发展，打赢脱贫攻坚战，走向富裕新风貌。

③　旅游种养双优特：双优，指崀峨村的交通便利优势和自然环境优美优势。双特，指崀峨村的旅游业发展潜力特色和种养殖业绿色品牌特色。

四柱：指崀峨村发展特色产业的四个支柱，即实施集体经济强村工程、打造环水一带玫瑰花海、推广甜脆豌豆大面积套种、树立崀峨绿色品牌。

永胜调研抓党建促脱贫走访东江、东山、新源、大安、风羽、东安诸村后作二首

一

灯亮路通屋子暖，
东江察后又东山。
回肠九曲公私路，
八组四迁冠履天。[①]
摘帽脱贫开口笑，
组织致富润心甜。[②]
攻坚任务依然重，
党建核心担铁肩。[③]

二

产业扶贫依党建，
核心聚力党员先。
柑榴魔芋核桃脆，
菇菌花椒芒果鲜。[④]
牛羊场厂连云际，
货物车房盘谷间。
精准绣花威信立，
政权巩固本根坚。[⑤]

【题解】该律句作于2018年11月10日。11月8日至12日，作者带领财政部调研组赴永胜县开展抓党建促脱贫情况调研督导，进一步深入贯彻落实《关于进一步加强中央单位定点扶贫工作的指导意见》文件中的有关要求。调研组分成三个小组，随机走进13个乡镇的15个左右的行政村，走访贫困户，与村支部书记、党员交流，实地考察村级党组织建设和发挥党组织核心作用引领种植业、养殖业合作社开展情况。经紧张调研，较为全面地了解掌握了永胜县委政府抓党建促脱贫攻坚、抓党建促产业发展、抓党建促社会稳定等有关情况，也了解到了脱贫攻坚过程中仍然面临的困难与问题。调研结果令人欣慰，鼓舞人心。在永胜县委组织部和财政部帮扶工作队及各级党组织的努力下，抓党建促脱贫工作成效比较突出，颇具永胜特色。特别在带领贫困群众致富脱贫方面，农村基层党组织的引领作用和党员的先锋模范作用都有较好发挥。永胜各级党员干部群众精神风貌昂扬向上，齐心协力打好打赢攻坚战的氛围日趋浓厚。调研期间，遂作此二首。又有《调研涛源镇上六村金谷柑橘种植专业合作社》《澜沧卫古城四城门咏》两首。

① 公私路：当地群众幽默地将政府保障村村畅通的硬化路称为公家路，将村民小组间通达的土路（尚未能硬化）称为私家路。

八组四迁冠履天：东江村有8个村民小组，其中四个小组危房就地改造已经完成，目前道路硬化畅通，加上精准施策发挥作用，贫困户基本全面或即将脱贫；而另外四个小组，县里准备2019年整体搬迁到县城，小组之间道路暂未硬化，生活相对仍为困难，与已经脱贫的家庭相比，有天冠地履之别，故如此说。

② 心甜：亦即心田。

③ 党建核心：此处用习近平同志《摆脱贫困》中1990年文章“加强脱贫第一线的核心力量——建设好农村党组织”要义。

④ 柑榴：指沃柑和软籽石榴。

⑤ 精准绣花：精准，指2015年6月18日，习近平同志《在部分省市区扶贫攻坚与“十三五”时期经济社会发展座谈会上的讲话（节选）》中提出：扶贫开发贵在精准，重在精准，成败之举在于精准。要做到六个精准，即扶贫对象精准、项目安排精准、资金

使用精准、措施到户精准、因村派人（第一书记）精准、脱贫成效精准。绣花，指2017年3月8日，习近平同志参加十二届全国人大五次会议四川代表团审议时强调：当前脱贫工作，关键要精准发力，向基层聚焦聚力，有的需要下一番“绣花”功夫。

威信立：指农村基层党组织和党员干部带领群众特别是贫困户脱贫致富，满足群众对美好生活的向往，因此在群众中的威信得到树立、提高和增强。

调研涛源镇上六村金谷柑橘种植专业合作社

金沙河谷多干热，[①]
日照充足少雨飘。
昔日求生包谷贵，[②]
今朝致富沃柑骄。
出资入股合成社，
支部核心搭建桥。
定点帮扶鏖战紧，
冲锋决胜鼓急敲。

【题解】 该律句作于2018年11月11日。永胜上六金谷柑橘种植专业合作社成立于2018年5月。涛源镇党委在支持合作成立的同时，批准村党总支组建上六金谷党支部，要求以党组织为引领，以村党总支为主体，采取“党支部+合作社党员+公司+基地+集体经济+农户”的模式，充分发动党员致富带头人加入，共同打造沃柑种植实验示范基地。上六村委会共有建档立卡贫困户75户，225人。为帮助贫困户脱贫，采取整合贫困户户均5万元的金融扶贫贷款资投入合作社，由合作社与云南太阳谷果业有限公司合作，实行按年分红。与此同时，永胜县委政府由相关单位牵头，开展实验示范基地建设，整合全县13个乡镇33个村发展壮大村级集体经济项目库资金数百万元，项目资金由县级统筹实施，基地按照村集体经济达标缺多少补多少的原则，实现集体经济薄弱村收入达标，开创了示范推广发展壮大村级集体经济的新模式。

① 金沙河谷多干热：指金沙江干热河谷。

② 包谷：即玉米。是禾本科玉蜀黍，属一年生草本植物。别名，玉蜀黍、棒子、包谷、包米、包粟、玉茭、苞米、珍珠米等。

澜沧卫古城四城门咏

10日6:20晨起散步，王鹏与我一起在永胜澜沧卫古街穿行四座城门，我们由东门“迎旭”进，观寻西门“扬辉”、北门“拱极”，到南门“来薰”出。街灯微亮，静寂安详，偶有环卫工人劳作的叮咚轻响。11日南门进，奔北门、西门，到东门出。12日，颜铭与我一起晨步到灵源箐，而后折回于灵源南路东口转盘向南，应是新修的外环路上，走约1000余米驻足，向北偏西远望，只见玉龙雪山清晰可见。百里之外，雪山巍峨，不禁欢喜。11日上午在大安村魔芋地里，也看到雪山俊美，高耸蓝天。魔芋、臭参、朝鲜蓟、花椒、核桃、沃柑、石榴等经济作物，都是永胜这块美丽土地上生产出来的脱贫致富的宝贵物品，胜似黄金。下午返回北京时机上思考，13日早上班途中成句。

五临永胜助脱贫，
晨步抬头见北辰。①
迎旭拱极齐去困，
扬辉聚气共来薰。
组织力量核心卫，
模范先锋团队拼。
十五乡村研调处，
雪山远望地生金。②

【**题解**】该律句作于2018年11月13日。见《永胜调研抓党建促脱贫走访东江、东山、新源、大安、风羽、东安诸村后作二首》题解。

① 北辰：指北极星，即北斗七星。又喻帝王或受尊崇的人，也代指帝都。《论语·为政》："子曰：'为政以德，譬如北辰，居其所而众星共之。'"《尔雅·释天》："北极谓之北辰。"

② 十五乡村：指此次抓党建促脱贫调研三个小组深入走访的十五个行政村。

爱仁篇

五言绝句

端午赠白城新友

天缘识鹤乡，
忱谢友情帮。
喜雨滋原野，
好风庆蒲阳。[①]

【题解】 该绝句作于2011年6月5日。作者赴吉林省白城市挂职一个月后，恰逢端午佳节，遂作此小句赠新同事、新朋友。后由书法家徐荣双先生书之，悬挂于办公室。

① 蒲阳：指蒲阳节，即端午节。为每年农历五月初五，又称端阳节、五月节等。为中国国家法定节假日之一，已列入世界非物质文化遗产名录。

和更华《寒春》①

煦光已暖人，
寒气乍忽临。
时令难能挡，
心花驰赠君。

【题解】该绝句作于2012年2月21日。是作者与张更华先生手机短信酬唱之作。

① 更华：即张更华，1965年出生，河北省广宗县人，东北财经大学毕业。历任财政部行政政法司副司长，财政部驻北京市财政监察专员办事处党组书记、监察专员等。

赴漯河调研农业发展情况火车上晨起作

冬月冷风吹，
车厢似暖春。
君观田野里，
劳作有农人。

【**题解**】该绝句作于2012年12月8日。作者陪同领导利用周末自北京到河南漯河进行农业调研，车过新乡、郑州，看着中原大地田野里忙碌的人们，感而记之。因作者是从农村走出来的，认为与正在浇园、锄麦的农民们一样，也是同事。

敬亲孝母

母爱深如海，
敬亲望月台。[①]
心牵慈母健，
孝继往开来。[②]

【题解】 该绝句作于2017年5月14日。母爱、爱母，是人之天性，乃中华民族传统美德“孝”的组成部分，是爱心的起点和基石。20世纪末，母亲节以每年5月的第二个星期日传入我国并逐步推广。21世纪初，中华母亲节初定为农历四月初二，即依“孟母三迁”故事，将孟母生孟子这一天定为敬母爱母之节。

① 望月台：字面意为站在高台上，望着月亮思乡念家想亲人。此处“月”亦通“岳”，岳家也。

② 孝继往开来：《孝经·开宗明义》中认为“夫孝，德之本也”。孝字的汉字构成，上为老、下为子，意思是子能承其亲，并能顺其意。此句含有两层意思：一是传承中华民族“百善孝为先”的传统孝义美德；二是岳家的“孝”继往开来，既指“岳母刺字”故事传承岳飞的忠孝精神，又指作者父亲孝敬祖母的榜样而代代继续发扬孝敬长辈的美德。

五言律诗

谒曾国藩故居富厚堂[①]

毅侯人性美，
忠勇道情真。
经世膺朱理，[②]
挥军弄战神。
钱财弃粪土，
书业馈儿孙。
日记传神志，
厚堂未寝身。

【题解】该律句作于2004年11月15日。作者拜访曾国藩故居，将所见所闻所感，化为对曾国藩经世、战功、人性、道情、轻财、书业等不凡业绩和完美人格的赞佩，句句引人思考，事事启示后人。

① 曾国藩：（1811—1872年），字伯涵，号涤生，宗圣曾子七十世孙。中国近代政治家、战略家、理学家、文学家，湘军的创立者和统帅。官至两江总督、直隶总督、武英殿大学士，封一等毅勇侯，谥号“文正”。

富厚堂：即曾国藩故居名，又名毅勇侯第。坐落在湖南娄底市双峰县，始建于清同治四年（1865）。整个建筑像北京四合院结构，颇具园林风格。府内有藏书楼，曾藏书达30多万卷，系我国保存完好的最大私家藏书楼之一。

② 朱理：即南宋理学家朱熹的理学思想。朱熹为我国儒学集大成者，后世尊称为朱子。

驱车大广高速返乡途中①

骏马从天降，
新春扑面来。
祈福华夏梦，
还愿燕王台。②
妖氛洋东闹，③
风清党内开。
思危忧远患，
康泰洒情怀。④

【题解】 该律句作于2014年1月29日。作者驱车返乡过年，一路奔波，一路思索，时而祝福国梦成真，时而祈愿金台纳贤；时而关注中日东海争端，时而赞扬党内清风正气；尾联得出“思危忧远患”爱国大义之壮思和“康泰洒情怀”为民仁义之愿怀。

① 大广高速：即大庆至广州的高速公路，前身是北京至河南省开封市的“京开高速”。全长3429千米，2015年12月方才全线贯通。

② 燕王台：位于河北省定兴县，即燕昭王修筑黄金台故事。公元前314年，齐国占领燕国部分领土。为振兴国家，燕昭王拜郭隗为师，赏其优厚俸禄，并修筑“黄金台”，广招天下贤才。吸引乐毅、邹衍、剧辛等前来投奔，经20多年努力，燕国强盛，打败齐国，夺回领土。

③ 妖氛洋东闹：妖氛，亦作“妖雰”，不祥的云气，多喻指凶灾、祸乱。洋东，指太平洋上中国的东海领域。此句指日本方面无视大量历史事实，妄称钓鱼岛为其“固有领土”的无耻行为。

④ 康泰：健康安乐、平安之意；亦指一种美酒。

慎独念许衡[1]

读许文正公“梨无主，吾心独无主乎？”感而记之：

暑热过河阳，
道梨独不尝。[2]
果虽无主坠，
有主我心当。
守正千秋范，
慎独万载长。
太行黄沁育，[3]
故郡美名扬。

【题解】该律句作于2016年9月18日。吾心有主，主即自己的道德操守；慎独守正，正即做人做事的心性之理。许衡慎独的境界和践履力行，不仅深深感染作者，亦将令看到这个故事的每位读者，不觉而陷入深思。

① 慎独：是儒家思想的重要概念，讲究个人道德水平的修养，重在个人品行与操守，是做人风范的高超境界。东汉郑玄注《中庸》谈道：“慎独，慎其家居之所为。”《辞海》中解释为“在独处无人注意时，自己的行为也要谨慎不苟”。

许衡：（1209—1281年），字仲平，号鲁斋，世称“鲁斋先生”。怀庆路河内（今河南省焦作市中站区）人。金末元初著名理学家、教育家和天文历法学家，官至集贤大学士兼国子祭酒，著有《鲁斋遗书》等，谥号文正。

② 道梨独不尝：许衡尝暑中过河阳，渴甚，道有梨，众争取啖之，衡独危坐树下自若。或问之，曰：“非其有而取之，不可也。”人曰：“世乱，此无主。”曰：“梨无主，吾心独无主乎？人所遗，一毫弗义弗受也。庭有果，熟烂堕地，童子过之，亦不睨视而去。其家人化之如此。”

③ 黄沁：即指黄河和沁河。

梅城攸县①

鸾山接凤岭，
金水绕银坑。
滴翠苗林旺，
飞鸣雾气腾。
毛泽东点赞，
谭老板堪称。②
沃土梅城咏，
百强攸县争。

【题解】该律句作于2017年3月31日。在两千多年的历史长河中，勤劳智慧的攸县人创造了光辉灿烂的特色文化，播撒和传承了源远流长的地域文明。作者写下这里的山水人文，既有对攸县现在的钦佩与祝福，又有对攸县过去的敬重和赞扬。

① 攸县：湖南省株洲市辖县，西汉高祖五年（前202）正式置县，因攸水流贯全境而得名。古称为“梅城”，宋末元初攸县人冯子振写的《梅花百咏》被收入《四库全书》，为历代文化名流称道。

② 谭老板：是对谭震林同志的敬称。谭震林（1902—1983年），湖南省攸县人。曾任中共中央委员，中央书记处书记，中央政治局委员，国务院副总理，全国人大常委会副委员长，中央顾问委

员会副主任等职。抗日战争时期，为坚持苏南抗战，谭震林乔装打扮，化名国民党“三战区参谋主任”林俊，以老板形象开展工作，人称“谭老板”。新中国成立后，毛主席见他也叫“谭老板”，自此“谭老板”称呼代代相传。

七言绝句

飞飞当班长[1]

十月清秋丹桂香，
千金就职当班长。
班风倡导爱心先，[2]
事事带头为榜样。

【题解】 该小句作于2004年10月。作者升入小学二年级的女儿积极主动参加班长竞选，成功升任班长。小小年纪，追求上进，责任和理念都得以锻炼，特别是“爱心”与“带头”成为根植于孩子心底的高尚人格追求。

① 飞飞：指作者的女儿龙飞。
② 爱心先：借指北京实验二小倡导的“以爱育爱”教学理念。温家宝总理曾亲笔为该校题写“以爱育爱”四字。

自京抵新乡贺祖母九十六寿诞作

车到卫辉五点间，
近乡情怯不分年。[①]
脑心跳跃儿时事，
祖母慈音唤眼前。

【题解】 该绝句作于2011年10月31日。因11月1日祖母大寿，特乘坐179次火车到新乡，再坐汽车回武陟。清晨5点左右到卫辉时，思绪萦绕，遂作。

① 近乡情怯不分年：近乡情怯，化用唐朝宋之问《渡汉江》“近乡情更怯，不敢问来人”诗意。不分年，即是说不分年龄段，老少皆有近乡情怯的微妙心理变化。

父亲节感恩父亲[1]

父亲骨硬胜松柯，
爱育思凝洒汗河。
如此人间风雅颂，
山声溪色自讴歌。

【题解】该绝句作于2012年6月17日。国家税务总局机关工会主席施长恩先生给作者发来短信祝贺父亲节，作者念及父亲岳崇舜大半生历经磨难，劳累辛苦，乃作此藏头诗“父爱如山”，感谢父亲的养育关怀、孝心垂范和坦荡做人等如山之恩。

① 父亲节：是感恩父亲的节日。约始于20世纪初，起源于美国，日期定在每年6月的第三个星期日。

吴忠赴河东机场见龙首瑞云[①]

巨龙昂首佑灵州，
光吐珠含俊像留。
宁夏清真回汉睦，
黄河万载筑坛楼。[②]

【题解】 该绝句作于2016年6月3日。作者借赴机场所见龙首瑞云天象，闪现巨龙保佑祖国西北、保佑民族之间和睦相处的联想，并以现实中的民族团结奋进、黄河文明筑坛传承弘扬而呼应，实乃祝愿中华巨龙庇佑国家更富强和谐美丽。

① 吴忠：古称为灵州，地级市，位于宁夏中部，滨临黄河，是中华文明发祥地之一，河套文化重要组成部分，北方游牧民族与汉族文化的交汇点，被誉为东方的千塔之城，是驰名中外的“中国回族之乡”。

② 黄河万载筑坛楼：指位于吴忠青铜峡市黄河金岸的标志性建筑中华黄河坛。其反映黄河深厚历史文化积淀的设计、内容、寓意，令人拍案惊奇、叹为观止。

祝贺校友足球队成立参与训练口占二首

一

江财赤子共争辉，
武略文韬逸兴飞。
信敏融心廉毅固，[①]
高强化血快拼追。

二

奥林匹克御林军，[②]
彰赣腾蛟岱斗尊。[③]
传切配合拔脚射，
绿茵场上定乾坤。

【题解】 该绝句作于2016年7月23日。作者围绕“信敏廉毅”这个江西财经大学的校训，对校友足球队成立进行讴歌赞美，对训练场生龙活虎的“战斗”予以描述，用诗的语言和学生的行动将母校校训进行阐释。其中蕴含着作者对母校的念念在心、深情爱恋。

① 信敏融心廉毅固：此句为化用江西财经大学校训“信敏廉毅”意，即信而达礼、敏而好学、廉而知耻、毅而弥坚。

② 奥林匹克御林军：因球队常在北京奥林匹克公园足球场训练，恰如古代护卫皇帝及京城的羽林队伍，故如此说。

③ 彰赣腾蛟岱斗尊：彰赣腾蛟，即彰显江西人腾龙跃虎的进取精神；岱斗，即泰山、北斗，比喻为众人所景仰的人。

赠明浩班长履新平谷[①]

明山五彩红黄谷，

浩水八达道理平。

头戴玄都崔户旺，[②]

羊呈麟瑞燕京兴。[③]

【题解】该绝句作于2016年11月5日。起句于平谷的山形地貌，收句于北京未来的美好。藏头读来“明浩头羊”，藏尾读来“兴旺平谷”，首尾相连即为“明浩头羊，兴旺平谷”。作者与班长均为农历羊年出生，可见MPA研究生班同学间的真诚友谊和对班长同志履新的诚挚祝愿。

① 汪明浩：1967年出生，满族，辽宁辽阳人，出生于河北唐山。现任中共北京市平谷区委副书记、区政府党组书记、区长。

② 玄都：此处指桃花。唐·刘禹锡《元和十年自朗州承召至京戏赠看花诸君子》诗云：“紫陌红尘拂面来，无人不道看花回。玄都观里桃千树，尽是刘郎去后栽。”后人遂以玄都代指桃花。

崔户：此处指种桃树的果农。户通“护”。唐朝崔护《题都城南庄》诗云：“去年今日此门中，人面桃花相映红。人面不知何处去，桃花依旧笑春风。”

③ 燕京：即北京，因古时为燕国都城而得名。

绿醉村烟[①]

风媚波明品菜鲜，
天蓝柳绿醉村烟。
红门一扇颐堂静，
览史思接千万年。

【题解】该绝句作于2017年3月12日。春天郊游，景明菜鲜；天蓝柳绿，人醉春烟；红门堂静，滋润心田；看书览史，思接千年。全诗意在告诉人们：人心天心心心相印，天人同理；万事万物皆有联系，物物相通。

① 醉村烟：意为春和景明令人陶醉、春气氤氲朦胧如烟。

七言律诗

西递宏村观后[1]

钟灵毓秀歙黟县，[2]
西递宏村耀史篇。
耕种齐家全靠己，
读书治国赖追贤。
徽商霸业胜山右，[3]
仕贾称雄越海边。
邹鲁东南非钓誉，
环球遗产赞儒仙。

【题解】 该律句作于2004年7月24日。西递、宏村堪称中国当代的画里乡村，作者身临其境，围绕两村的“耀史”亮点，从耕种齐家、读书治国、徽商霸业、仕贾称雄等儒家传统文化方面之社会文明价值追求进行热情讴歌，字里行间充盈赞誉和发自内心的民族文化自豪感。

① 西递宏村：西递、宏村为世界文化遗产。它们位于安徽省黄山市黟县，是安徽南部民居中最具有代表性的两座古村落，以世外桃源般的田园风光、保存完好的村落形态、工艺精湛的徽派民居和丰富多彩的历史文化内涵而闻名天下，被誉为“画中的村庄”，是徽派民居中的一颗明珠。

② 歙黟县：指歙（shè）县和黟（yī）县，现均属安徽省直辖县。

③ 徽商：指徽州（府）籍商人的总称，即徽州商人、新安商人，俗称“徽帮”。徽商来自徽州，包括歙、休宁、婺源、祁门、黟、绩溪六县，即古代的新安郡。

登大伾山赏浚县文化①

文化名城先不觉，
登攀览册信为真。
山川风物青螺在，②
禹迹王功碧殿存。③
三墅四壶仙府远，④
七楼八像巨佛亲。⑤
源农财政八千万，⑥
子贡后人需创新。⑦

【题解】该律句作于2005年2月8日。作者通过对浚县山川风物、禹迹王功、三墅四壶、七楼八像等文化氛围的烘托，引出子贡这位历史上的儒商代表人物，且发出“子贡后人需创新”的喟叹，是警醒，亦是期待。

① 浚县：古称黎阳，西汉置县，1994年被国务院命名批准为国家级历史文化名城，是河南省七座国家历史文化名城中唯一一座县级国家级历史文化名城。位于河南省北部卫河之畔，隶属鹤壁市。

② 青螺：指大伾山、浮丘山这两座在千里平原上突起的秀丽青石山峰。

③ 王功：指明朝将领王越的功绩。王越（1423—1498年），字世昌，浚县人。明成化八年（1472），于河套破敌大捷，斩二百八

十，加太子少保，增奉一级，提督十二团营。十三年（1477），加太子太保、兵部尚书兼左都御史。十六年（1480），出大同御敌，于威宁海克捷，斩敌四百，封威宁伯，食禄一千二百石。十七年（1481），出宁夏西征，佩将军印，任总兵官，初镇大同，移镇延绥，战功卓著，加太子太傅，增禄四百石，总制宁夏、甘肃军事，提督团营。明弘治十一年（1498），于贺兰山剿敌获胜，加少保兼太子太傅。是年，病死甘州军中。朝廷闻讣，上为震悼，辍朝一日。赠太傅，谥号襄敏。

碧殿：指碧霞宫，位于城南浮丘山顶，即碧霞元君行宫，俗称奶奶庙、圣母庙，为道教宫院。

④ 三墅四壶："三墅"指紫泉别墅、瀛州别墅和古守臣别墅；"四壶"是指蓬壶仙境、方壶仙境等四处仙境。

⑤ 七楼八像：浚县大石佛高23米，是"全国最早、北方最大"的一躯大型摩崖造像。古时建楼保护，因佛像高于楼，故有"八丈佛像七丈楼"之称。

⑥ 源农财政八千万：作者向陪同人员询问地方财政收入为多少，回答说因为是农业县，虽近70万人口，但财政收入只有八千万元。

⑦ 子贡：姓端木，名赐，字子贡。春秋卫国黎（今浚县）人，孔子七十二弟子之一。他善于经商之道，为孔子弟子中首富，有"君子爱财，取之有道"之风，为后世商界所推崇。

课堂怀屈子[①]

二十年前六月天，[②]
曾经记下念平篇。[③]
为民爱国常呼号，
落笔赋骚垂醒言。[④]
一跃沉江飞泪水，
千秋端午醴清泉。
如今又在课堂上，
暗涌激情似往年。

【题解】 该律句作于2005年6月11日。面对同一位爱国主义诗人——屈原，作者通过自己20年前与20年后的“两个端午节”对比记录，感叹虽然时过境迁、物是人非，但来自内心的激情依旧、真情依旧、怀念敬仰英雄依旧、爱国爱民之心依旧。

① 课堂：即作者在国家行政学院MPA学习时的教室。

② 二十年前六月天：指1985年，作者在武陟三中迎接高考攻读学习的那段时间。

③ 念平篇：怀念屈原的文章。屈原，名平，字原，又自云名正则，字灵均。

④ 落笔赋骚：指屈原写下的千古绝唱之抒情诗歌《离骚》。《离骚》以理想与现实的冲突为主线，以花草禽鸟的比兴和瑰奇迷幻

的“求女”神境作象征，借助于自传性回忆中的情感激荡，和以复沓纷至、倏生倏灭的幻境交替展开全诗。作品倾诉了对楚国命运和人民生活的关心，“哀民生之多艰”，叹奸佞之当道。主张“举贤而授能”“循绳墨而不颇”。提出“皇天无私阿”，对天命论进行批判。作品中大量的比喻和丰富的想象，表现出积极浪漫主义精神，开创了中国文学上的“骚”体诗歌形式，对后世有深远影响。

种楠竹

南岳山腰满目筠，[1]
接天直耸抚青云。
竿竿翠绿披山秀，
个个冰清慰我心。
钟爱精神常恋念，
痴心气骨倍觉亲。
刨挖千里移畿辅，[2]
三友先邀是此君。

【题解】该律句作于2006年2月11日。吟咏此诗，一位被翠竹折服的爱竹者形象闪现眼前。竹子的玉清、气神、虚心、劲节……正是君子的风范，也是其成为“岁寒三友”的魅力之因。

① 筠：原意是竹子的青皮，一般指竹子，或说是竹子的别称。
② 畿辅：是指国都及其附近的地区。

鹿邑拜老子[1]

细雨蒙蒙看鹿邑，
碑深土古宋唐基。
太清宫里太极殿，[2]
明道台前明道梯。[3]
宏伟塑身天下冠，
高明思想宇寰稀。
文尊华夏中州探，
紫气穿行路不迷。

【题解】 该律句作于2011年8月21日。作者雨中参观鹿邑县老子故里，所见深碑、唐基、太清宫、明道台等，皆折射出老子的高明思想。有华夏优秀传统文化的指引，人们行走天下、探索世界，当会“紫气穿行路不迷”。

① 老子：姓李名耳，字聃。楚国苦县厉乡曲仁里（今鹿邑太清宫镇）人，约生活于前571年至前471年。我国古代伟大的哲学家和思想家，道家学派创始人。

② 太清宫：为老子故里的纪念性建筑，初称老子庙，后改老子祠。唐玄宗李隆基改“紫极宫”为太清宫至今。

③ 明道台：即明道宫，为老子传道讲学的纪念性建筑群。始建于汉代，即公元743年，兴盛于唐宋。目前明道宫景区于2004年恢复重建，规模宏大，构筑严谨。

顾乙未望丙申兼赠诸友①

啧啧赞好戏连台，
款款舒眉笑眼开。
乙未悄悄微准备，
丙申迫迫细安排。
纵横南北勤研探，
变幻风云懒怨哀。
五彩枫林呈胜景，②
大猴背上小猴来。③

【题解】该律句作于2016年1月20日。新春祝福，别有意味。凡事，需从微小处准备、细心处安排；工作，须勤奋研探、不可懒惰怨哀；实干，自当享枫林胜景、获得成功。

① 乙未：指乙未年，是中国传统历法六十干支纪年中的一个，对应十二生肖中的羊，又称为羊年。

丙申：指丙申年，对应十二生肖中的猴，又称为猴年。

② 五彩枫林：明指各种颜色枫树生长的林子，比喻美丽的风景。此处实是用枫字的读音，指“封”字，与猴字连用，即封侯之意。

③ 大猴背上小猴来：指辈辈封侯之意。

春归探亲

虽说高铁双时半，[①]
却愿驾车千里程。
华北平原穿岭进，
太行山左越城行。[②]
亲情团聚小家乐，
国梦凝成大爱增。
盛世方能忠孝备，
暖阳一路麦苗青。

【题解】该律句作于2016年2月6日。作者通过描写春节前夕自驾返乡途中的观思感受与喜悦心情，既表达对个人小家团聚的浓浓亲情，又传递出国人大爱凝聚奔向中国梦的必胜信心，更赞美在党的英明领导下国泰民安、盛世康宁的忠孝豪情。

① 双时半：指两个半小时。因北京西站到郑州东站的高铁最快时间为2.5小时，故如此说。

② 太行山左：此处指太行山之东，即大广高速和京港澳高速沿线的城市地域。中国古代以坐北朝南确定方位，太行山左侧即为东，故历史上将山东省也称为山左。

四十九岁生日咏

本命四轮即过一，[①]
加鞭催马不能息。
意中马列人民旨，[②]
志定轩辕国梦基。
流水如斯倾力少，
星辰拱北尽心急。
则徐利益观因正，[③]
榜样情怀趋向齐。

【题解】 该律句作于2016年2月24日（农历正月十七）。生日之际，作者直抒胸怀，鼓励自己加鞭不停，坚定信念，牢记宗旨，学习林则徐“苟利社稷，死生以之”的家国利益观，为实现民族复兴的中国梦而努力奋斗。

① 本命四轮即过一：指四个本命年（48岁）即将又要过去一年，即为49岁。

② 意中马列人民旨：即心中坚定马克思列宁主义理想信仰，牢记全心全意为人民服务宗旨。

③ 则徐：即林则徐（1785—1850年），字元抚，又字少穆、石麟，福建侯官（今福州市区）人，清朝时期的政治家、思想家和诗人，曾任湖广总督、陕甘总督和云贵总督，两次受命钦差

大臣。主张严禁鸦片，力抗西方入侵，乃真正民族英雄。其《赴戍登程口占示家人》诗云：“苟利国家生死以，岂因祸福避趋之。”

河冰花开兼记生日[①]

将融未化运河冰，
三角八边意纵横。
西月银轮山顶挂，
东阳金锭海旁升。[②]
还寒乍冷坤心暖，
伏翼雄飞乾道明。[③]
大象无形盈使命，[④]
轻衫薄履又征程。

【题解】 该律句作于2016年2月24日（农历正月十七）。作者通过对似化非化的河冰和东升西降的天体的描绘，引出“还寒乍冷坤心暖，伏翼雄飞乾道明”乾坤易变之议论，迈出“大象无形盈使命，轻衫薄履又征程”使命征程之步伐。鼓舞人心，给人力量。

① 河冰花开：河冰裂开的裂缝影线如同花儿绽放一样，比喻春天即将到来的情景。

② 东阳金锭：东方升起的朝阳，如金锭般灿灿光亮。

③ 伏翼雄飞：源于作者大学期间的座右铭“宁静以致远，伏翼为雄飞”。

④ 大象无形盈使命：使命是指实现中华民族伟大复兴中国梦的神圣使命；大象无形源于《道德经》第四十一章：“大音希声，大象无形。道隐无名。夫唯道，善贷且善成。”

望月祭圣祖[1]

华灯初上，漫步清凉河畔。忽见，东方满月如盘，辉映水中。想今日，乃鄂王飞祖诞辰913周年。公务繁忙，严以自律，不能离京祭奠，但推家及国，难免忧念，记之。

圆月初升满似轮，
春辉连起古今人。
九一三载英雄诞，[2]
五面八方念祖亲。
首要忠灵从未泯，[3]
当求孝义可全真。
一家勿讲两家话，
功成群策力同心。

【题解】 该律句作于2016年3月23日（农历二月十五）。在民族英雄、岳姓先祖岳飞诞辰913年之际，作者借天上满轮圆月寄托对先人的缅怀纪念心情，弘扬英雄的忠孝品德和抵抗侵略的节义精神，进而鼓励号召岳家人群策群力、勠力同心、获得成功。

① 圣祖：对南宋抗金名将岳飞的敬称。
② 九一三载：岳飞生于1103年，至2016年共计913年。
③ 忠灵从未泯：清朝慈禧太后曾为岳飞题金匾：忠灵未泯。

拜孔庙参太学[1]

春绿天蓝鹅柳香，
成贤街拜庙参堂。
辟雍泽教环池泮，
师表集成传世长。
槐柏森森怀祭酒，[2]
石经楚楚念龙皇。[3]
监生科举空谈误，
实干公能匹瓦墙。[4]

【题解】该律句作于2016年3月26日。春暖花开，作者周末参观久仰的孔庙、太学，通过一系列建筑、人物、事件的描写与缅怀，发出“监生科举空谈误，实干公能匹瓦墙”的感慨。意在鼓励人们吸取历史教训，坚定文化自信，落实好习近平同志强调的“实干兴邦”与“撸起袖子加油干”精神。

① 孔庙、太学：指北京孔庙和国子监博物馆，合于“左庙右学”的古制，分别作为皇帝祭祀孔子的场所和中央最高学府。孔庙始建于元代1302年，为元、明、清三代祭孔建筑，又名“先师庙”。国子监与孔庙相邻，是我国现存唯一一所古代中央公办大学建筑。

② 槐柏：指柏树和槐树。孔庙大成殿月台前右方，有一株苍劲高耸的古柏树，据说为元代国子监祭酒许衡所植，又名曰“触奸

柏”。相传明代奸相严嵩曾代嘉靖皇帝祭孔，他平时专横跋扈、作恶多端。当他路经该树下，狂风骤起，柏树枝摇动，吹掉他的乌纱帽，使其仓皇逃走。后人认为柏树有知，能辨忠奸，称此树为“触奸柏”或“辨奸柏”。

祭酒：本义是在飨宴时需长者立主位，面南酹酒祭祀神灵开席。引申为对同辈或同官中年高望重者的尊称，汉魏以后为官名，意为首席，主管。隋唐以后称国子监祭酒，为国子监的主管官。

③ 石经楚楚念龙皇：指存于孔庙的“乾隆石经”，即十三经刻石，龙皇即乾隆皇帝。十三经是儒家的13部经典著作，全部共63万字。即《周易》《尚书》《诗经》《周礼》《仪礼》《礼记》《左传》《公羊传》《谷梁传》《论语》《尔雅》《孝经》《孟子》。十三经碑刻是历史儒家经典刻碑中最完整的一部，也是世界上最大、最重的一部书。

④ 公能：意即既有公德，又有能力，即德才兼备。借用南开大学校训“允公允能，日新月异”之意。

天波晨光如幻用景辉六言韵[1]

晨见群中亲问好，
六言抒谊情全到。
俞钟山水友心知，[2]
魏晋精神朋辈晓。[3]
财苑春花次第开，
盛唐秋果光辉耀。
涟漪足下天景明，
万事求吉需赶早。

【题解】 该律句作于2016年5月14日。财政文学微信群中文友“亲”们互致问候，作者借“俞钟山水”和“魏晋精神”赞美“一片冰心在玉壶”的纯真友情；用“财苑春花”与“盛唐秋果”表达出多写作品和丰硕成果的美好祝愿；以“万事求吉需赶早”提示劝勉追求“只争朝夕、抢占先机”的快乐进取精神。

① 景辉：指李景辉，1966年出生，辽宁调兵山人。中国散文协会会员、辽宁省书协会员，现任调兵山市财政监督局局长、市书协主席。

② 俞钟山水：指春秋时期的俞伯牙、钟子期，即他们演奏欣赏的《高山》《流水》的古琴曲。借这一对千古传诵的至交典范，比喻文友们之间的知心知意和相互支持鼓励的真挚友谊。

③ 魏晋精神：即魏晋风度、魏晋风流，指的是魏晋时期名士们所具有的那种崇尚自然、超然物外，率直任诞、清俊通脱的行为风格。是一种人格表现，也是儒道互补的一种士大夫精神，成为当时的审美理想。魏晋是一个动乱的年代，也是一个思想活跃的时代。士人们多特立独行，又颇喜雅集。代表人物有王羲之、“竹林七贤”等。

半月无诗

半月无诗恰雨来，
朦胧秋雾意徘徊。
巴西文化分争事，
奥运精神越奖牌。
世界大同哲理探，①
寰球和顺井然排。
全局一域双谋下，②
华夏复兴岂用猜?

【题解】 该律句作于2016年8月19日。一段无诗的空白期后，作者突来灵感，诗伴雨降。是什么导致诗意大发？是巴西奥运会比赛引来的思考，有文化纷争的客观存在，有奥运精神的鼓舞力量，有对世界大同思想的探析，还有对世界和平发展的期盼。尾句“华夏复兴岂用猜?”的反问，有着坚定的文化自信，坚信中华民族复兴大业一定会实现。

① 世界大同：国际政治术语，主要指人类对社会的一种理想理念。现在泛指全球范围的政治、经济、科技、文化融合大同，全人类高度互助共荣的社会形态。大同一词，源出《礼记·礼运》“大道之行也，天下为公。选贤与能，讲信修睦，故人不独亲其亲，不独子其子，使老有所终，壮有所用，少有所长，鳏寡孤独

废疾者，皆有所养。男有分，女有归。货恶其弃于地也，不必藏于己；力恶其不出于身也，不必为己。是故谋闭而不兴，盗窃乱贼而不作，故外户而不闭，是谓大同。”

② 全局一域双谋下：化用清朝陈澹然《寤言二·迁都建藩议》“不谋万世者，不足谋一时；不谋全局者，不足谋一域”之文意。

圪垱店高中同学情念

栗小波师兄建微信群，听到老同学德顺、红艳、小松、胜利、京友、小国、小文、香草等的亲切声音，地道的家乡土语，让人醉享，友好的同窗情谊，让人感怀思念。三十一年啦，还有好几位同学一直音讯全无，乃咏：

音容卅载讯息失，
苦乐欢悲相不知。
南北奔波微信会，
东西忙碌栋梁支。
熟声朗朗心脾醉，
笑貌亲亲情感炙。
切盼开怀同畅饮，
青龙镇上议青诗。[①]

【题解】该律句作于2016年9月22日。如序所言，同窗情深。该句既描述了同学们微信取得联系的欢快畅叙，又传达了未能联系上时的惆怅不知。渴望相见的挚情，转化为重聚母校的期盼："切盼开怀同畅饮，青龙镇上议青诗。"

① 青龙镇：指河南武陟县圪垱店乡圪垱店村，古称青龙镇。是武陟县第三中学所在地。

青诗：高中时期的青春朝气与诗篇。

巧临圣莲[①]

爱运动–WE DO群八车二十八人秋日欲登百花山，因道路施工改上圣莲山，全团过生日、尝蛋糕，绕二十八盘、越逍遥谷，赏美景、拍靓照，议历史、品人物，其乐融融，豪似二十八星宿，趣如七贤八仙，归而记之：

秋踏草甸百花山，[②]
封路泥泞阻向前。
领队从容寻圣道，
全团镇定捧洁莲。
蛋糕祝岁盘盘喜，
胜景舒眉位位欢。
险奥雄绝融地秀，
八槎云驾廿八仙。

【题解】该律句作于2016年9月25日。一次秋游，因道路施工而改变路线、改变目的地，但未改变的是旅程中的快乐。原来真正的快乐不是来自风景，而是人与人之间的平等交流和个人内心的平静。及此，心不外求，可也！

① 圣莲：即圣莲山，又称莲花山，古称太山，因整个山体酷似

一片片莲花瓣，故名。位于北京西南房山区。

② 百花山：国家级自然保护区，位于北京市门头沟区清水镇境内。

高铁归途

千里桐花京广路，
茵茵绿麦飞窗户。
两三云朵挂天闲，
四五农人芟草苦。[①]
一片青红大地浮，[②]
双流粉紫小村酷。[③]
读书微信伴轻松，
经郑忙忙瞧父母。[④]

【题解】 该律句作于2017年4月21日。作者乘坐高铁返回河南途中，透过窗户向外望去，田野上的绿麦、云朵、桃花、桐花，包括忙碌的农民，都给人以生机盎然和轻松欢快的心情。能够回到家乡看望敬爱的父母，匆忙中略行大孝之义，更令人充实开心。

① 芟草：除草。
② 一片青红：指连绵不断的大块麦田和偶有盛开成片的桃花园。
③ 双流粉紫小村酷：粉红和紫色成串的泡桐花，让高铁两边的村庄显得更加美丽。
④ 经郑：指作者乘高铁从北京到郑州，再从郑州坐汽车返家乡武陟。

登密云岳氏庄园内长城敌楼赠海滨海鹏兄弟①

鸡鸣四县耸残墙，
晨曲水关龙虎藏。
石阵迷迷精巧布，
瀑冰冽冽志节扬。
菠萝盖谷泉溪软，
岳氏庄园血脉刚。
垛口红花烽火似，
心中力量保国强。

【题解】 该律句作于2017年5月1日。作者在劳动节登上北京密云岳氏庄园内的残长城敌楼，在那里听到鸡鸣、晨曲，见到泉溪、红花，给人们带来春天柔美之乐趣；但同时又见到石阵、残墙，感受到志节、烽火，给人们传递一股力量，一股“心中力量保国强”的精忠遗风和血碧志刚。

① 敌楼：即城墙上御敌的城楼，也叫谯楼。供各段城守部队进行指挥瞭望传令、放置器械物资等，平时则供守城军士巡逻者遮风避雨休息之用，属于一种增强城墙防御的设施。

海滨海鹏兄弟：指岳氏庄园园主岳海滨、岳海鹏，南宋抗金名将岳飞的后裔。

人杰焦作

人人皆讲家乡好，
河内先贤真不少。
丞相帝王司马骄，①
尚书大吏山毛傲。②
瑭棠愈堉领文风，③
原练宁廷扬武道。④
国运时来华夏兴，
日新又日新薪翘。

【题解】该律句作于2017年5月27日。通过列举焦作历史上的文武先贤、骄子达人，赞美家乡怀川大地人才辈出、代不乏人，并由衷地祝愿期许"国运时来华夏兴，日新又日新薪翘"。

① 丞相帝王司马：丞相，指秦汉以来焦作地区担任宰相或相当于宰相职位的有石庆、蔡义、常衮、许衡、许师敬、李棠阶等；帝王司马，指晋武帝司马炎开国称帝，追封晋宣帝司马懿、晋景帝司马师、晋文帝司马昭诸帝，以及从265年至420年，司马家族领衔的西晋、东晋王朝，两晋共历十五帝。

② 山毛：山，指晋山涛、山简父子等；毛指清毛树棠、毛昶熙父子等。

③ 瑭棠愈堉：指明何瑭、清李棠阶、唐韩愈、明朱载堉。

④ 原练宁廷：指原轸（春秋时期名将、军事家，今济源市西北人）、练何（唐贞观时为总管府录事参军、封岐山侯、世袭骑尉将军，今沁阳市人）、宁玉（元代将领、累官浙西道都元帅兼沿海上万户，今孟州市人）、陈王廷（明末清初武师、陈氏太极拳创始人，今温县人）。

预祝校友足球队夺冠兼贺队员曾超雄千金弈心满月黄坚坚公子博勋百日志喜[①]

绿茵场上江财勇，
夺取头名气势宏。
领队啦啦威武壮，
球员教练技专工。
天天博弈超坚韧，
月月勋心志伟雄。
玉女金童薪火旺，
蛟湖深谊共欢容。[②]

【题解】该律句作于2017年7月21日。字里行间洋溢着作者宏勇、欢悦的心情，通过对球员在运动场上拼搏、奋勇夺冠的描写，并巧妙地将两位队员及其孩子的名字楔入，给以满月、百日祝福，既突出对“勇”字，奋进人格的赞扬；又凝聚着“情”字，同学友谊的薪火相传。

① 曾超雄、黄坚坚：均为江西财经大学毕业生，江财北京校友会足球俱乐部队员。

② 蛟湖：湖泊名称，位于江西财经大学蛟桥园北校区院内。

兴城古城沉思[①]

蓟辽督府虎威扬，[②]
宁远坚城傲北疆。
崇焕承宗民仰烈，[③]
承畴三桂祖石坊。[④]
国家危患识忠逆，
王道宏微见短长。
历史当为今镜鉴，
城泉山海岛凉凉。

【题解】 该律句作于2017年7月30日。作者凭吊兴城古城，分析这里的兴衰存亡、忠逆轨迹，不免深陷沉思：沉，崇焕、承宗、民仰等的壮烈节义与悲情；思，“国家危患识忠逆、王道宏微见短长。”明末朝政乱象、忠奸混淆之历史镜鉴。而“沉”字又是全诗情感的主基调，体现在最后一句的“凉凉”意感。

① 兴城古城：位于辽宁省兴城市，是一座方形卫城。始建于明，清代重修，称宁远州城。与西安古城、荆州古城、山西平遥古城同被列为我国迄今保留完整的四座古代城池。

② 蓟辽督府：即兴城蓟辽督师府，是明代北方最高军政领导机构，管辖辽东、蓟镇、天津、山东登州、莱州等地。1622年，孙承宗建宁远卫城。

③　崇焕：指袁崇焕（1584—1630年），字元素，著名将领，曾任蓟辽督师。曾率军取得宁远大捷和宁锦大捷，重创后金。1630年被崇祯帝凌迟处死，是历史上争议较大的一位人物。

承宗：指孙承宗（1563—1638年），字稚绳，号恺阳，保定高阳人。军事战略家、爱国者、教育家、学者和诗人。曾任兵部尚书、辽东督师、东阁大学士等。1638年11月清军进攻高阳，赋闲在家的孙承宗率全城军民守城，他的五个儿子、六个孙子战死，包括他本人在内的孙家40余人城破遇难，满门壮烈，令人悲叹。

民仰：指丘民仰（？—1642年），字长白，陕西渭南人。明万历举人。1640年擢右佥都御史，代为辽东巡抚。1642年清军进围松山，城破，承畴降清，民仰被杀殉国。

④　承畴句：指洪承畴、吴三桂、祖大寿等叛明投清的贰臣。

致谢世尧仁兄用《题照》韵

七言一首重千钧，
空谷足音领路人。
秋雨绵绵彰意远，
春风暖暖蕴情深。
品茶勿忘苏黄酒，①
煮字当传李杜神。
今日听兄财苑曲，
千帆共举梦圆真。

【题解】 该律句创作于2017年8月13日。2017年8月2日，中国作家协会公示《2017年拟发展会员名单》，作者有幸忝列中直、国直10人名单中。12日，作为入会介绍人的王世尧先生特写诗题赠，鼓励有加。作者遂用韵奉和，执学生之礼，致谢文学领路人。王世尧《题照赠学鲲小兄》原韵："轻言一诺也千斤，何必秋风不懂人。雨幕沉情失柳影，林花飞谢入芳尘。擎杯怡笑神前聚，豪饮长留心上春。纵使明朝霜满鬓，更应诗酒鉴刚纯。"

① 苏黄酒：字面为江苏白蒲黄酒，是苏派黄酒的一种。此处苏是指苏轼，黄是指黄庭坚，借苏黄的师生情谊，来祈愿拜世尧先生为师，执学生之礼。

一脉湖湘赞

湖湘学派誉中华，[①]
溪碧泉堂南岳家。[②]
外患内忧增武略，
表陈里述绽文葩。
润之集大成思想，[③]
曾子承传构正差。[④]
松雪船山明月泪，[⑤]
庵前续梦顿称嘉。[⑥]

【题解】 该律句作于2017年10月2日。作者到衡山寻访王夫之曾经生活过的续梦庵，了解到胡安国肇起的湖湘学派，一脉传承，弘扬理学，文韬武略，令人崇敬。其提倡修身为学，主张经世致用，重教化、讲名节，轻利禄、憎邪恶等思想精髓值得学习宣扬，遂由衷地咏而赞之。

① 湖湘学派：是一个源远流长的地域性儒家学派。起于北宋道州人周敦颐，至南宋因胡安国、张栻等人讲学著述而形成规模。明末清初衡州王夫之继起，至清末曾国藩等中兴，影响湖湘千余年，对中国文化发展具有极大影响。

② 溪碧泉堂：指胡安国与次子胡宏共同创办的碧泉书堂，后称为文定书院。宋·张栻《过胡文定公碧泉书堂》诗："入门认溪

碧，循流识深源。念我昔此来，及今七寒暄。”

③　润之：指毛泽东，字润之。该句即指当代中国形成的毛泽东思想。

④　曾子：此处指曾国藩。

⑤　松雪船山明月泪：船山，指王夫之。王夫之晚年隐居于石船山著书讲学，自署船山病叟，学者遂称之为船山先生。曾自撰一联：“清风有意难留我，明月无心自照人。”表示自己忠于明朝的松柏气节和冰雪情操。

⑥　庵前续梦：指续梦庵，是船山先生曾经隐居、避祸和思考著述的居住之所。

车行衡州大道赠建新市长①

衡州大道长宽广，
建设十年福此邦。
清水连峰潆寿岳，
秀山流派峻湘江。
酃湖静好传文脉，②
雁塔巍雄镇武刚。③
挚友情亲活力蕴，
使君擘画大衡阳。④

【题解】该律句作于2017年10月5日。作者于国庆期间到衡阳看望亲戚，住在酃湖旁712矿小区，其间数次穿行衡阳市主干道衡州大道，正是花木葱郁、山秀水清，酃湖雁塔、文韵悠悠，城市繁华、挚友情亲。刚巧财政同事郑建新同志不久前履职市长，为其昂扬奋进和“撸起袖子加油干”的精神风貌而感动，遂咏而相赠。

① 衡州大道：是衡阳市城市快速干道东西向中轴线，横穿珠晖区、雁峰区、蒸湘区、衡阳市高新技术产业开发区、衡南区三塘镇，全长27公里。高新区在其沿线布局大型产业项目，成为创新经济带。

建新：即郑建新，1968年出生，贵州省贵阳市人。曾历任财政部税政司正司长级干部、湖南省财政厅厅长、衡阳市人民政府市长，现任衡阳市委书记。

② 酃湖：位于衡阳市珠晖区酃湖乡境内，汉朝初年在此设置酃(líng)县，即以此湖而名，酃县故城遗址在此附近，目前正在建设公园。

③ 雁塔：即来雁塔，位于衡阳市石鼓区合江套三汲矶上，它与珠晖塔、接龙塔并称雁城三塔。

④ 使君：汉代称呼太守、刺史为使君，汉以后用作对州郡长官的尊称。

谒湘西草堂[①]

林树无私荫宇顶，
荷田有韵绕宅前。
六经责我开新面，[②]
百卷辞忠明旧颜。
天下哲儒彰子厚，[③]
中华元气瑞船山。
景行仰止扬衡岳，
觉醒人文光耀天。

【题解】该律句作于2017年10月7日。作者满怀崇敬地拜谒王夫之的隐居地，从无私的林树到有韵的荷田，从孔子删减的六经到王夫之百卷的著书，讴歌王夫之身上的中华元气与精神，特别是其凛然大义的崇高气节以及对中华文化传承的历史责任感。恰如谭嗣同赞曰“五百年来学者，真通天人之故者，船山一人而已矣”。

① 湘西草堂：是我国明末清初著名的思想家、哲学家王船山隐居之地，位于湖南省衡阳县曲兰镇。王夫之42岁定居蒸水之左石船山下，并隐居以终。一生著书四百余卷，八百多万字，其中大部分著作在此处写成。

② 六经责我开新面：化用王夫之自题画像的中堂“六经责我开生面，七尺从天乞活埋”联意。六经是指《诗经》《尚书》《仪礼》

《乐经》《周易》《春秋》合称的六部经典著作，也是经过孔子整理而传授的六部先秦古籍。

③　子厚：指王夫之的思想精神和儒者风范，道正厚重。非指柳宗元（字子厚）。

缅怀女红军彭大姐[1]

赴郴州调研，知大姐故事，撼擦肩失机未能往故居祭拜也。

彭儒大姐主婚人，
关爱提携亲又亲。
百岁丹心革命意，
千秋碧魄井冈魂。
宜章致敬迎春镇，[2]
石渡留情冬雨村。[3]
绿水青山良凤绕，
苏仙岭上望新郴。

【题解】 该律句作于2017年11月29日。作者陪同部领导赴湖南调研财政扶贫资金监督管理使用情况，离开宜章县赴汝城县途中，惠令组长讲述了在彭儒大姐领导下工作时的故事。十分可惜，大家错过了到彭儒大姐故居参访的机会，只能致敬大姐，留情宜章了。尾联“绿水青山良凤绕，苏仙岭上望新郴”，是对大姐革命精神如青山绿水般永存的歌颂，也是对今日新郴州明天更美好的祝愿。

① 彭大姐：即彭儒（1913—2010年），女，原名彭良凤，湖南省宜章县迎春镇崎石村人，原江西省委书记陈正人同志的夫人，

原中纪委委员。15岁加入中国共产党，先后参与经历湘南暴动、井冈山斗争、中央苏区斗争、长征、延安整风、解放东北、开国大典、改革开放等重大事件。

② 宜章：即宜章县，位于湖南省郴州市南端，古称义章，建县于617年。976年，为避宋太宗赵光义讳，改称宜章。宜章是湘南起义的策源地，养育了中国早期工人运动杰出领袖邓中夏等一大批党政军优秀人才。

迎春镇：位于宜章县西南部，为红色革命老区，是朱德、陈毅、彭儒等老一辈无产阶级革命家生活战斗过的地方，是湘南暴动的策源地之一。

③ 石渡留情冬雨村：调研组在白石渡镇高龙桥村考察时，冬天寒冷的大雨，正哗哗而下，故如此说。

悼念大大崇学[①]

农历腊月二十一，乃崇学叔父安厝之吉辰，因公务在身，不能返乡尽孝。思我年少时，大大多与关怀，曾激励说："一定要好好学习，替大人们争口气。"尤其在我祖父振松公出殡时，大大协助十二岁的我背柳椽，恩亲难忘。大大一直担任北贾大队第七生产小队队长，是做农活的好把式，事事率在先、干在前。农历十月回家曾拜见大大，身体尚好，上周学义弟电话说要转院治疗，即顿生危虑。现在只能委托兄弟们多劝俺婶节哀保重！并代我表孝心而在大大灵柩前多磕几个响头吧。愿二怪大大安息！

丁酉伤悲垂岁末，
白花遍洒覆山河。
崇学大大魂乘鹤，[②]
二怪叔叔魄逝波。
遥念当年严训子，
近思昔载领生活。
三更独坐心酸甚，
感戴关怀涕泪沱。[③]

【题解】该律句作于2018年2月6日。凌晨醒来，心甚悲伤，如果是周末时间，作者一定返回家乡送大大一程。因为是工作日，无法脱身，只好独坐悼念，泪流缅怀而作。

① 崇学：即岳崇学，乳名二怪，是作者父亲岳崇舜的堂弟。1940年出生，属龙，多年担任武陟县北贾大队第七生产队队长，常常旱烟不离口。

② 大大：河南豫北方言，是对本族直系父辈中比父亲年龄小的男性的称呼，即对叔父的称呼。

③ 沱：基本意是指可以停船的水湾。此处取其形容词词义，即恸哭的，泪如雨下的。如《易·离》："出涕沱若，戚嗟若。"又即大雨瓢泼的样子。如唐·韩愈《读东方朔杂事》诗："噫欠为飘风，濯手大雨沱。"

跋

脑海里萦绕三个字

文学是人类心灵世界的艺术反映。一般认为，文学伴随人类的思维活动而产生，肇源于口头说唱的抒情诗歌，并逐步演变为用文字艺术地记录下人们的生活与历史。最早成为书面文学的诗歌有我国的《诗经》、印度的《罗摩衍那》和古希腊的《伊利昂纪》等。可以说，诗歌是文学的源头。

“问渠那得清如许？为有源头活水来。”当我们喜欢诗歌、热爱诗歌、研究诗歌、创作诗歌的时候，无意中我们便站在了文学历史长河的源头。徜徉诗河，或有溪清如画的妙曼舒缓，或有跌宕千丈的飞瀑垂帘，或有光滑似镜的湖深潭浅，或有干涸苍凉的沙荒草残，或有惊涛拍岸的浪翻云卷，或有九曲回肠的流波盘桓，或有沙鸥翔集的征帆点点，或有九九归一的汪洋远天……顺流而下，亦或逆流而上，均别具一格，风光无限。

在学习成长、工作生活实践中，我爱好文学，尤钟情中华古典诗词，从背记学习到模仿画瓢，从研究平仄到规范创作，从抽屉文学到汇编出书，一路走来，偶有感悟，但多为断想。值此《思理集》编辑即将告罄之际，忽有“韵”“心”“谊”三字萦绕脑海，现浅述记，权且为跋。

诗韵当畅

韵，本意指和谐的声音，即声之和谐，音之动听。后亦延伸指称风度、气质、情趣等。《说文》："韵，和也。"《玉篇》："声音和曰韵。" 《晋书·律历志》："凡音声之体，务在和韵，益则加倍，损则减半。"重韵，向属文学传统；善韵，固为圣手擅方。大凡诗词，韵为基石，排比声韵、推敲音韵、琢磨律韵。一般可谓：无韵无以言诗，无韵无以成词。诗韵当畅，以流畅律动之气象，弘怡心振神之昂扬；以悦耳爽目之意蕴，达启想引思之悠长。

诗应神韵灵迈，展现气象美。诗宏气象，惟发乎情性，化气为形，言物成象，终致风采卓然；诗倡神韵，需缀韵寓意，兴象入神，神润性灵，方能气韵不凡。一字传神，一句兴象，一诗立境，一人开派。象尽神备，气畅韵和。如陶潜之清气，悠然冲淡；李白之仙气，豪迈浪漫。如杜甫之史韵，沉郁肃端；苏轼之灵气，浩然达观。

诗应律韵跌宕，展现音乐美。自唐以降，近体诗词中平仄格式与押韵规则渐趋规范，律动起伏，粘对承转，押韵合辙，交错回环，虽越千年，依旧形美式端，活力无限。诗美特质，融音节而和谐，呈韵调而鸣弦。铿锵朗润，一唱三叹，律韵相和，宜美倍添，悦耳振神，夫复何言？守正出新，中华新韵婉转；与时俱进，平仄规矩莫偏。

诗应余韵悠长，展现意蕴美。诗意盎然，沁润心田；诗意悲沉，瑟肤凝筋。诗之蕴意高迥，景外有景，如品春茗，回味无穷。诗之蕴意幽深，弦外有音，似饮秋醪，咀嚼仍醇。余韵雄浑，魏武王挥鞭；余韵磅礴，汉高祖临关；余韵萧瑟，李后主辞坛；余韵悲壮，岳武穆凭栏。余烟缕缕，羚羊挂角无丝迹；余音袅袅，香象渡河有蕴传。

诗心当正

诗心即人心，诗人之心也。“心”本指心脏，乃血液循环之枢纽，生命运转之根本；亦为思维意识之起源，理念情感之发轫。为诗之道，首炼诗心。诗心当正，活水源清。志史载道，主雅领风。畅意造境，玉壶晶莹。

诗应明心载道，体现历史感。诗以抒怀，励志明心；心明静观，析事载史。诗文历史之作用，韩昌黎首论“文以贯道”，周濂溪倡导“文所以载道也”。诗经无邪，养心怡情；离骚幽怨，悲悯苍生；诗合事作，代代传承；华夏文脉，大道明明。陈寅恪以诗证史，分条析缕；杜子美写诗志史，唐史多情。六经皆史，诗经岂非乎?

诗应正心主雅，体现现实感。心受外扰，偶不得端，需常修炼，磐石志坚。使意识与外界合，天人一体，民惟邦本，公而忘私；使事实与时代符，明道识体，苟利国家，生死以之。风骨凛然具，源清浩气生。唯此为文，方得雅正。彰现实特色，主雅引风；显社会万象，感染纷呈。笔走乾坤书伟业，攻坚拔寨话复兴。

诗应用心造境，体现未来感。刘彦和云：“夫文心者，言为文之用心也。”王静安道：“有造境，有写境，此理想与写实二派之所由分。然二者颇难分别，因大诗人所造之境必合乎自然，所写之境亦必邻于理想故也。”诗意感人，用心用情；天人意合，妙境自生；境界尚上，高格独成；格特立派，新风道开；雅颂流变，古今同台；诗史相继，畅想未来。

诗谊当纯

“谊”字本意为合宜的道德、行为或道理，现代汉语则多指交情、友好关系。诗谊，即诗人之间的友谊。袍泽之情，军中豪风；伯牙摔琴，以谢知音；季子挂剑，君子义兼。自古及今，诗人常因诗句推敲、诗词唱和、诗文争论、诗集辑编而相识、相交、相知、相敬，此即谓诗谊也。诗谊当纯，诚真高洁。真谊因缘，情牵不绝；纯谊互助，不参杂色；高谊传道，留印岁月。

真谊交友，文缘联结。缘非刻意使然，常收获于不经意间。为保证诗集文稿质量，特请董轲、杜晓锋、毛帽、贾丽柯、吴芳妍、吴方遒等青年朋友给以精校严核，他们对诗句的每个字、注释的每个标点都予以把关，负责态度可贵，好学精神可亲，在此致以真挚感谢。

纯谊助力，雕采润色。编辑诗稿重在分类遴选，能诗能文能书的李景辉同志担起繁务，从近千首小句中反复比选，化散题而聚意理，成篇章而立集魂，此中甘苦，无需赘言。题解注释乃提升书稿质量之要，散文妙手马秀梅同仁施以润色之助，宜谊堪赞。律诗绝句以平仄规范为准则，辞句娴者陈柏清文友致以雕采之功，并赠序言，纯谊堪佩。又有评论家福生、散文家新路、作家克俭、史志家浩文、特级教师伟富等仁兄鼎力襄赞，在此拱手敬礼诚谢。

高谊留印，弘道传业。为文志学，常需前辈师长亲炙；诗词有道，当拜鸿儒大家赐教。王世尧大兄赐序鼓励，其空灵诗句只能望尘，介绍加入作协，实乃文学艺术拾级陟行之引路先生；周笃文大师阅看稚稿，吟诵点评，亲切讲述刘盼遂、张伯驹、夏承焘故事，勉励研习《唐诗别裁集》《历代诗话》以汲取营养。一席话语，甘霖润心田，如沐春风矣。阎晶明主席常予关心，张继主任泼墨集名。至高至纯之谊，在此深深鞠躬致以谢忱。

感谢融入允公允能精神、卓然向上的女儿——飞飞回馈的朝气与哲思；感谢温淳懿明、理财持家的夫人——湘华给予的理解与保障。

特别感谢作家出版社吴义勤社长和翟婧婧编辑的统筹设计、精致编辑和倾力支持。

工作之余编纂拙集，虽有温故知新之乐，但还是颇为辛苦。此次遴选注释，忽感三个有点难，即选诗有点难，耗费时间略长；注释有点难，费力费心较大；完善有点难，总感不足处甚多。但志之所爱，心路所记，当勤奋些，用心些，再努力些。以期《思怀集》《思行集》辑成，早日呈奉。

岳学鲲于2018年11月18日

图书在版编目（CIP）数据

思理集 / 语吾著. -- 北京：作家出版社，2019. 5
ISBN 978-7-5212-0594-7

Ⅰ. ①思… Ⅱ. ①语… Ⅲ. ①诗集 - 中国 - 当代
Ⅳ. ①I227

中国版本图书馆CIP数据核字（2019）第108346号

思理集

作　　者：语　吾
责任编辑：翟婧婧
装帧设计：百丰艺术
封面题字：张　继
出版发行：作家出版社有限公司
社　　址：北京农展馆南里10号　　**邮　　编**：100125
电话传真：86-10-65067186（发行中心及邮购部）
86-10-65004079（总编室）
E-mail:zuojia@zuojia.net.cn
http://www.zuojiachubanshe.com
印　　刷：河北画中画印刷科技有限公司
成品尺寸：152×230
字　　数：150千
印　　张：19.5
版　　次：2019年6月第1版
印　　次：2019年6月第1次印刷
ISBN 978-7-5212-0594-7
定　　价：39.00元